17歳のモンスター

田中ヒロマサ
Tanaka Hiromasa

文芸社文庫

1

八月とは思えぬほどの冷たい風が、開け放たれた窓から吹き込んでいた。例年ならば、冷房もつけずにこのようなプレハブの建物の中にいることは自殺行為だろう。しかし、今年の夏は暑さを感じた日は数えられるほどだ。八月に入って一週間が経つというのに、窓の外にはどんよりとした雨雲が広がっている。〝冷夏の到来〟〝米不足の再来か〟〝夏野菜の価格高騰《こうとう》〟、そんな見出しが付いた記事を連日の新聞で目にする。

塩出真子《しおでまこ》は窓の外をぼんやりと眺めていた。プレハブの二階部分がスタッフルームになっていて、その窓からは外の様子がうかがえる。先ほどまで所狭しと車がひしめき合っていた駐車場は、数台の車が散見できる程度になっていた。ベンツやＢＭＷといった高級車が目立つ。駐車場を囲む樹木には、リードにつながれたチワワやマルチーズ、ラブラドールレトリバーなどの姿が見える。近隣のマダムたちが、茶飲み話をするために集まっているのだろう。

もう三時か。そろそろ百恵《ももえ》さんが上がってくる頃ね。

真子は室内の掛け時計を眺めてから、もう一度窓の外に目をやった。店は昼のピークタイムが終了し、落ち着きを取り戻したようだ。これならば時間通りに上がれるはずだ。

先に着替えを済ませちゃおう。

真子は女子更衣室のドアを開けた。更衣室とはいっても、四畳ほどのスペースにステンレス製のロッカーが置かれただけの簡素なものだ。その共同ロッカーを開けると、全身を映し出す鏡が扉の内側に付いている。入店する前に身だしなみをチェックするためのものだ。

真子は鏡に映る顔を眺めながら溜息をついた。疲労が顔に貼りついている。こんな顔で接客していたのかと思うと、お客様に対して申し訳ない。

一五八センチ、四〇キロの細身の体。半袖のユニフォームから伸びる腕は白くてか細い。足も細く、ふくらはぎと太ももが同じ細さのため、膝がどこにあるのかわかりにくい。胸が小さいことを除けば、スタイルはかなりいいといえるだろう。しかし今ひとつ垢《あか》抜《ぬ》けていない感じだ。

真子は鏡を見つめたまま後頭部に両手を伸ばし、髪を結っているゴム紐《ひも》を外した。長い髪が重たく背中にのしかかる。アルバイト中は長髪を束ねてポニーテールにしている。大きな瞳ときれいに通った鼻筋は、まったく化粧をしていないというのによく映えている。周りの人たちからは、清楚、上品、おしとやかといったプラスの評価をもらっているが、青春真っ盛りの一七歳としては派手さに欠けるようでもある。

　真子は先ほどよりも深く溜息をついた。目の前の鏡に、憂鬱《ゆううつ》な心を表したかのような自分の顔が映し出されていた。

　薄いピンク色のブラウスとスカート、その上に白いエプロンを重ねて着るユニフォーム。スカート丈が短めで、他のファミリーレストランのユニフォームよりもはるかにかわいいと巷では評判になっているらしい。

　ユニフォームを脱ぎ、丁寧にたたんでから私服のワンピースに着替えた。先日買ったばかりのホルターネックワンピース。大好きなバーバリー・ブルーレーベルだ。クラシック感のある水色のワンピースは、一目見た瞬間に購入を決めた。アルバイトで得た給料のほとんどを貯金している真子が、唯一自分のために金を遣うのが洋服を買う時だ。言い方を変えれば、それくらいしか楽しみがないということだが、真子はそれでいいと思っていた。背伸びをして無理に冒険する必要などない。

　真子はトートバッグを持って更衣室をあとにした。胸の奥で湧き起こった陰鬱《いんうつ》な感情が下へ這い下りたかのように、足取りが重たくなった。

「あれ、真子じゃん。まだいたの？　二時に上がったんだよね。ひょっとしてアタシを待っててくれたわけ？」

大柳佐知《おおやぎさち》が弾けるような声で話しかけてきた。同じ一七歳、高校二年生ということもあって佐知とは親しくしていたが、今日ばかりは会いたくない存在だった。

「真子さあ、悪いんだけどアタシこれから渋谷行くんだあ。だからゆっくり語ってる暇ないんだよね。あっ、そうだ。真子も一緒に行こうよ。真子が一緒ならすぐにナンパされるだろうし、カラオケとご飯くらいおごってもらえるよ」

佐知は名案を思いついたとばかりに、瞳を輝かせた。

「ごめん、百恵さんに話があって残ってるの」

真子は両手を合わせて謝った。先約があるとはいえ、せっかくの誘いを断るのはやはり申し訳ない。

「なあんだ。じゃあしょうがないな」

佐知はパイプ椅子の上に紫色のビニールバッグを置くと、ユニフォームを脱ぎ始めた。

「ちょ、ちょっと佐知、更衣室で着替えなよ。男の人が来たらどうするのよ」

平然と着替え始める佐知を目にして、真子は慌てて注意した。

「アタシ、その部屋嫌いなの。狭いし暑苦しいし、それに見られて困るような裸じゃないし。だから見たけりゃ勝手に見ろって感じ」

佐知はまずスカートを脱いで、ローライズのジーンズを穿《は》いた。ピンク色のブラウスを脱ぎ捨てると真っ赤なブラジャーが露《あらわ》になったが、佐知はまったく気にしていないようだ。それを見ている真子の方が恥ずかしくなり、思わず目線を泳がせた。

自由奔放、天真爛漫《らんまん》、佐知を見ているとそんな言葉が頭に浮かぶ。出会ったばかりの頃は、彼女の言動や行動の一つひとつに驚かされた。しかし今では驚きや呆れを通り越して、こんな佐知が羨ましいと思う。

ストラップのないブラジャーのため、佐知の小麦色の肌には、水着のあとがはっきりと残っている。真子と同じくらいの身長のわりには佐知は少々太り気味だが、その分真子にはない豊満な胸を持っている。そんな体つきだけでなく、ヘアスタイルも目を引く。金色のロングヘアはサイドとバックがカールされていて、今時の女子高生といった感じだ。

「ヤバい。時間ないから電車の中で化粧しよう」

レモンイエローのタンクトップを着た佐知は、脱ぎ終えたユニフォームを乱暴にバッグの中に詰め込んだ。常時すっぴんの真子から見れば、佐知はすでに充分すぎるほどの化粧をしていたが、彼女は納得していないらしい。目頭のパールホワイト、目尻のブルーシャドウとブルーペンシル、頬骨の辺りのピンク色のチーク、そのすべてが必要以上に塗られているため、顔の原型がわからなくなっている。その化粧と金色の髪についてはたびたび店長から注意を受けていたが、それでも佐知は改善する姿勢を見せなかった。

「佐知、ユニフォームが落ちそうだよ」

彼女のバッグからはみ出している皺《しわ》だらけのブラウスを抜き取り、真子は丁寧にたたんであげた。

「サンキュ、サンキュ。真子はいいお嫁さんになるね。アタシと結婚してもらいたいよ」

佐知はそう言いながら、バッグの中をまさぐっている。

「あれ、なくしちゃったかな？　ねえ真子、毛抜き持ってない？　脇毛生えてきちゃったから、これも電車の中で抜かないと」

佐知は片手を上げ、脇の下をパンパン叩いてアピールしてきた。

たまらず彼女から目を逸らし、真子は口に手を当てて苦笑を噛《か》み殺した。そして目尻が垂れるのを感じながら、持っていないことを伝えた。すると佐知は「まあいっか」と言って駆け出した。根元に黒い髪が目立ち始めた光沢のある金髪を振り乱し、佐知はスタッフルームを出ていこうとした。

「佐知、ちょっと待って」

真子は彼女の背中に歩み寄った。

「いくらローライズのジーンズだからって、もう少し上げて穿いた方がいいよ」

佐知の臀部《でんぶ》を見ると、赤いパンツが半分以上顔を覗かせていて、尻の肉がはみ出し、ジーンズに覆い被さっている。これではセクシーを通り越して、露出癖のある危ない子だと思われかねない。真子は彼女のジーンズの上部を掴《つか》み、ずらしながら持ち上げた。

「サンキュ、サンキュ。最近、お尻の肉が付きすぎちゃってね。少し真子に分けてあげたいくらいだよ。真子はちょっと痩せすぎだからね。それじゃあね」

佐知が退室しようとすると、入口から二人の男子アルバイトがやってきた。二人とも体格が良く、たしか大学生だったはずだ。今日はシフトに入っていないので、スケジュールの確認にでも来たのだろう。

「真子ちゃん、俺たちこれから飯食いに行くんだけど、一緒にどう？」

ジーンズにTシャツというラフな格好をした男が、笑顔で誘いをかけてきた。どうやら、仕事でもないのに、真子を誘うためだけにここへ来たようだ。

気持ちは嬉しいが、真子は困惑した。

「帰れ、帰れ、帰れ！　真子にちょっかい出したら、アタシが許さないよ！　あんたたちみたいなデブでブサイクな男が、真子を誘おうだなんて、百年早いよ。悔しかったら、ダイエットと整形してから出直してこい！」

佐知は顔を真っ赤にして怒鳴り声を上げた。真子のためを思って怒ってくれたのだろうが、いくらなんでも言いすぎだ。

「おまえを誘ってるわけじゃねえよ。俺たちは真子ちゃんを――」

「うるさい！　帰れ、帰れ、帰れ！」

佐知は体格の良い男たちに体当たりを喰らわし、二人を外へ押し出した。そして間髪入れずに入口の扉を閉め、鍵を掛けた。

男たちはどうなったのだろうか。おそらくこれで諦めてくれると思うが、少し可哀想な気もする。

「こら、真子！　嫌だったら嫌ってちゃんと言わなきゃだめだよ！」

佐知の顔は一段と赤く染まっていた。まるで茹でダコのようだ。

「それはわかるけど、不快な思いをさせたら悪いし――」

「バカ！　そんな弱気だからだめなんだよ。イヤな思いをさせなきゃ、ああいう奴らは何度だってちょっかい出してくるんだから。そしたらまたこの前みたいに……」

意気込んでいた佐知の声が、尻窄《しりすぼ》まりに小さくなった。まずいことを言ってしまったとばかりに、舌をぺろっと出して顔をしかめている。どうやら佐知なりに気を遣って、最後の言葉を飲み込んでくれたようだ。

佐知……。そんなに気を遣ってくれなくてもいいのに。

真子は先ほど抱いた感情を撤回したくなった。佐知はこんなに自分のことを思ってくれているのに、今日は会いたくないなんて考えた自分に腹が立つ。

「それじゃあ、アタシは行くね。あのことを百恵さんに相談するんでしょ？　百恵さんならきっと、いいアドバイスしてくれるよ」

　佐知は笑顔を見せて、退室していった。

「佐知、ありがとう」

　真子は佐知の背中に声を掛けた。強烈な性格の佐知だが、かけがえのない友達だ。

「おまえら、まだいたのか！　どうせアタシが帰ってから、もう一度真子を誘おうと思ってるんでしょ！　とっとと帰れ！　今度真子にちょっかい出したら、グーでぶつよ！」

　扉の向こうから佐知の大声が響き、鉄製の階段を駆け下りる甲高い音が聞こえてきた。真子は口元を緩めて、小さく笑った。

　真子と佐知が仲良くなるのに時間はかからなかった。中学校から名門私立の明恵女学館に通う真子は今年から、社会勉強のためにファミリーレストラン〈アスターシャ新百合ヶ丘店〉でアルバイトを始めた。両親と相談した上で週二回、金曜日の一七時から二一時と、日曜日の七時から一四時というシフトで働くことにした。店舗は世田谷街道沿いにあり、駅からも自宅からも歩いて通える距離だったので両親も賛成してくれた。そんな真子と同時期に佐知もアルバイトを始めた。何度か一緒に働くうちに同学年だということを知り、自然と会話をする機会が増えていった。佐知の見た目はいわゆるギャルだが、実は芯の通ったしっかりとしたところもあり、真子はそんな佐知のことが好きだった。

佐知の方も真子のことを信頼してくれているようで、学校で何かあったりすると真っ先に真子に相談してきた。だから真子も佐知には何でも話をすることにしていた。しかしあの話をした時、佐知の掛けてくれた言葉はあまりに冷たかった。佐知なりに真剣に考えてくれたということも、現実的なところがある佐知だからこそそういう言い方をしたのだということもよくわかっている。しかしもう少し優しくして欲しかった。真子の気持ちになって一緒に考えて欲しかった。

「ごめん、待たせちゃったわね」

佐知と入れ替わるようにして、細野百恵がスタッフルームに入ってきた。額に汗を滲ませて、百恵は申し訳なさそうに謝った。細い長身のわりには胸も大きく、くびれたウエストが理想的な曲線を描く、モデルのような体型だ。黒髪のショートヘアと、大きな両目の間に通った鼻筋には高貴さがある。大学三年生の二〇歳ということだが、もう二、三歳上に見えるような気がする。

「そんなに待ってません。それに私の方からお願いして、お話を聞いてもらうわけですし」

「じゃあ外に行こうか。今日も涼しいし、それにここだとそろそろ男の子たちが上がってくる時間だから話しにくいでしょう？　心理学的に見ても、閉塞感《へいそくかん》を感じる空間より、開放感のある場所で話をした方がリラックスできて話しやすいのよ」

百恵はスタッフルームに上がろうともせずに踵《きびす》を返した。百恵はアルバイトながらマネージャーの役職に就いているため、真子たちのユニフォームとは異なる。下は紺色のタイトスカート、上は白いブラウスと紺色のブレザーという、そのまま外を歩いても違和感のない服装だ。だから百恵はいつも私服を着てこない。

真子は百恵のあとについて歩いた。店の駐車場の隣には公園がある。隣接するマンションの敷地なのだが、真子たち〈アスターシャ新百合ヶ丘店〉のアルバイトは、時々この公園を訪れる。その目的はもっぱらスタッフルームではできない話をするためだった。

「はい、どうぞ」

百恵は近くの自動販売機で冷たいお茶を買ってくれた。真子はお礼を言って木製のベンチに腰かけた。百恵はベンチにハンカチを敷いてから腰を下ろし、さらにもう一枚のハンカチを取り出して、お茶の飲み口を拭いていた。神経質な百恵らしい行動だ。きっと電車の吊革に触れないタイプだろう。

「お店は大丈夫でしたか？」

いきなり本題に入るのも気まずかったので、真子はまずそんな当たり障りのない話題を持ち出した。

「夏休みとはいっても、ランチタイムが終わったらいつもの平日と変わらないわよ。それより私に話っていうのは？　その表情から察すると仕事の話って感じじゃないわね？」

百恵は微笑みながら真子の顔を覗き込み、本題を話すよう急かしてきた。話しにくそうにしている真子を見て、気を遣ってくれたのだろう。アルバイトマネージャーを任されるだけあって、百恵は人に対する気配りがよくできる。

百恵さんには、下手な隠しごとはできないな。みんな見透かされてる気がするよ。

真子はお茶の缶を両手で握りしめ、辺りを見渡した。夏休みということもあり、ジャングルジムやすべり台には大勢の子供たちが群がっている。笑い声や叫び声がこだましているので、真子たちの会話が誰かに聞かれる心配はなさそうだった。

「実は、五明《ごみょう》さんのことなんです」

口にした瞬間、真子は悪寒に襲われた。握りしめた缶の冷たさが、血液にのって体中に運ばれていく。あのことを思うだけで全身に鳥肌が立つ。あの時、あの瞬間は自分の感情に正直に行動した。だから後悔なんてするはずがなかった。しかし今は胸の辺りが異様に痛む。今朝も朝食が喉を通らなかった。無理矢理食べようとしても吐き出してしまうだけだ。

「真子ちゃんもか。彼に遊ばれちゃったんでしょう?」

百恵は表情ひとつ変えずに淡々と言った。

心臓の鼓動が聞こえ、動脈を流れる血の圧迫を感じる。頰の辺りの筋肉が、硬直していく。

真子はまじまじと百恵を見つめた。ふと、左手の親指の爪を噛んでいる自分に気付いた。

「私に相談したのは私と五明くんが同い年で、お店では同じアルバイトマネージャーをしてるから?　でも私は彼のことを、あまり知らないのよ。仕事はできるけど女性にだらしないから、はっきり言って私は嫌いだし」

百恵は苦虫を嚙み潰《つぶ》したような表情を見せた。彼女の発する一言一句に嫌悪感が表れている。

「もしかして百恵さんも──」

「冗談よしてよ。私はあんな男と、あっ、ごめん。でも彼に遊ばれたのは真子ちゃんだけじゃないのよ。その人たちはみんな辞めちゃったわ。結構有名なのよ、五明くんの女癖の悪さは」

やっぱりそうだったんだ……。

うすうす感づいていたことではあるが、こうして客観的な指摘を受けると、やはり辛い。しかしこれで現実を見つめることができた。

真子は足下に目を落とした。褐色の地面の上を蟻の行列が移動している。いったいどこまで歩いていくのだろうか。

「私は中学から女子校だから、男の人に対する免疫がないんです。それで初めて男の人に優しくされて……。私、嬉しかったんです。ひとりっ子っていうこともあって、優しいお兄ちゃんができたような気がして……。私が馬鹿でした。いい勉強になりました」

真子は空を見上げた。上を向いていなければ涙がこぼれ落ちてしまう。流れ出したら、もう止められないことはわかっていた。

「真子ちゃん……」

百恵は心配そうに真子の様子を窺っている。しかし真子はそんな百恵から目をそらした。頭に浮かぶ様々な思い出が、今起こっていることのように目の前を駆け巡る。

五明実《みのる》はとても優しかった。仕事で失敗をして落ち込んでいる真子を励ましてくれた。一緒に映画を観に行ったし、遊園地にも連れていってくれた。これまで経験したことのない、たくさんのことを教えてもらった。何もかもが新鮮で、刺激的だった。毎日が楽しくて仕方なかった。だから真子は五明と体の関係を持った。五明が急に冷たくなったのはその直後からだった。

「ねえ真子ちゃん、お願いしたいことがあるんだけど」

百恵は真剣な眼差しを真子に向け、はっきりとした口調で続けた。

「その話、店長にしてくれないかな？　もうこれ以上彼に酷い目に遭わされる女の子を作らないためにも、店長に事情を話して彼を解雇してもらいましょう」

百恵は幼児を諭すような口調で言ってきた。

「でも私……」

真子はうつむいた。とてもそんなことはできそうにない。それにそんなつもりで百恵に相談を持ちかけたわけではない。佐知にこの話をした時、彼女はそんな男のことは忘れて次の恋を探せと言った。佐知の言っていることも決して間違ってはいなかったが、素直に受け入れることはできなかった。だから百恵に相談したのだ。百恵には日頃から仕事のことだけでなく何でも気軽に話ができたので、すべてを打ち明けようと思ったのだ。

困るよ。私はただ、話を聞いて欲しかっただけなんだ。もうどうしていいかわからなくなっちゃったから、百恵さんに聞いてもらって、優しい言葉を掛けてもらいたかった。それにどうやってバイトを辞めればいいか、そういうことを聞きたかったんだ。

それなのに……。

「私を信用して話してくれたのは嬉しいけど、私が直接真子ちゃんにしてあげられることはないわ。男の人に話すのは抵抗あるだろうけど、私もついててあげるから」

百恵は真子の両手を握りしめ、勇気づけるように言った。触れ合う手の感触から、百恵の心の温かさが伝わってくる。真子は返事に詰まった。言葉が見つからない。

もうやだよ。もういいよ。そんなに大袈裟にしないでよ。私がバイトを辞めればいいことなんだから。五明さんがそのあと何をしようが、私には関係ないよ。

真子は恐る恐る顔を上げた。目の前の百恵は、優しさに満ちた母親のような目をしている。

そんな目で見られたら私……。

佐知の言う通り、終わったことと割り切って次のことを考えるというのも悪くないと思い始めていた。しかし百恵の真っ直ぐな目を見ていると、そんな考えは逃げでしかないと思い知らされる。正義感の強い百恵としては五明のことが許せないのだろう。

「ちょうど今、店長が休憩中のはずだから、ここへ呼ぶわね」

善は急げとばかりに、百恵は携帯電話を取り出した。行動力に長けた百恵らしい素早さだ。

「大丈夫。私にすべて任せて」

真子の不安を察したのか、百恵は微笑みかけてくれた。しかし波立つ真子の胸は、そう簡単には静まりそうになかった。

「心理学的に見ても、これが一番の解決法よ。逃げるだけじゃ何の解決にもならない。カウンセラーの卵である、私のことを信じて」

優しくて温かい笑顔だった。百恵が電話をしている間、真子は空を見上げていた。今にも雨が降り出しそうな、分厚くてどす黒い雲に覆われた空だった。

2

「二人揃ってどうしたの？　こんなところでよからぬ相談でもしてるのかな」

店長の片桐一則《かたぎりかずのり》は小走りでやってきた。接客業に就いていることが一目でわかる、へつらった笑みを浮かべている。

「店長、ちょっと」

百恵は駆け寄ってくる片桐の元へ行き、真子から少し離れた位置で立ち話を始めた。どうやら真子と引き合わせる前に概要を話してくれているようだ。これもまた百恵らしい気遣いだ。真子の微妙な心理状態を察してくれると同時に、真子と片桐という多少距離のある関係を考慮しての行動なのだろう。やはり百恵に相談したこと自体は、間違っていなかったようだ。

二人は真面目な顔で会話を続けている。吹きつける風が強くなってきた。ひと雨来そうな気がする。辺りを見渡すと、いつの間にか子供たちの姿がなくなっていた。ざわめきのなくなった公園には、もの悲しさだけが残されていた。

ショートカットの髪が風に吹かれて乱れていたが、百恵は気にする様子も見せずに懸命に話をしている。内容まではわからなかったが、百恵の表情と仕草から、真子のことを本気で心配してくれているのが伝わってきた。

片桐も普段は見せないような顔をしている。眉間に皺を寄せる片桐なんて見たことがない。真子と片桐は、仕事のこと以外で会話をしたことはなかった。まじめそうな、ごく普通の人という印象だったが、それ以上を知る機会もなく、極めて事務的な関係だった。片桐の見た目も、可もなく不可もなくといった感じだ。整髪料で固めた黒い短髪は清潔感は感じるのだが、子供っぽい印象を受ける。常にマネージャーユニフォームであるグレーのスラックスと紺のブレザーを着用している片桐だが、その服装も今ひとつだと思う。飲食店の店長らしく、着こなしはしっかりしているのだが、客に対して腰が低すぎるような気がして、かしこまった服装に中身が負けている気がする。

年齢は三〇歳だと聞いていたが、二〇代前半だと言っても信じる人がいるだろう。向かい合っている百恵と背丈は同じくらいだから、身長は一七〇センチ前後だろうが、痩せていて、ひ弱そうな体つきをしている。たとえるなら、マッチ棒といったところだろう。

「真子ちゃん、私から店長に大体の話はしたから、あとは真子ちゃんから話をして欲しいの。大丈夫よ、私もついてるし、店長はそのへんの若い男よりかはちょっとだけ頼りになるから」

百恵は真子の元へ歩み寄りながら言った。相変わらず、人を安心させる笑顔を浮かべている。

「ちょっとだけってのは酷いなあ。これでも自分では、結構頼りになる方だと思ってるんだけどなあ」

片桐は苦笑しながら百恵のあとについてきた。百恵はアルバイトマネージャーだからか、片桐とも同等に話ができるようだ。

「とりあえず座ろうか、立ち話もなんだから」

片桐は百恵に声を掛けた。そして真子の両隣に、二人はそれぞれ腰を下ろした。

「ええと、じゃあまず、あっ、僕も飲み物を買ってきていいかな？」

片桐は真子たちの返事を待たずに立ち上がり、歩道沿いにある自動販売機を目指して走り出した。重たい話だけに切り出すタイミングを窺っているらしい。一見すると情けない態度にも思えるが、真子はそんな片桐に好感を抱いた。こういう人間くさい一面を見られたことで、安堵感がこみ上げてきた。どうやら百恵の言う通り、片桐は親身になって相談に乗ってくれる人のようだ。

「前言撤回。いざっていう時に頼りにならないんだから。これだから男の人ってだめよね。こういう時は女の方が意外と冷静なのよね」

百恵は片桐の後ろ姿を見つめながら首を振った。

「私、店長に話します」

自然と言葉が出てきた。自分自身、不思議に思うほどだった。何の根拠もなかったが、片桐は頼りにしてよい人間だと思った。片桐の新たな一面を発見した喜びのようなものが、自分の決断に影響を及ぼしたようだ。

「ごめん、ごめん。それじゃあ、塩出さんの話を聞こうかな」

戻ってきた片桐は愛想良くそう言い、オレンジジュースの缶に口をつけた。

「ちょっと店長、そんな言い方されて話し出せるわけないでしょう。まったく無神経っていうか何ていうか。それでよく接客業の店長が務まりますね」

百恵は呆れ顔で言い放った。真子は思わず吹き出してしまいそうになったので、両手で口を押さえた。百恵の強気な態度と、オレンジジュースを持ちながら恐縮している片桐の姿を見ていると、自然に笑いがこみ上げてくる。

「百恵さん、私はもう大丈夫です。お二人の話を聞いてたら、何だか元気が出てきました。それに一応事情は店長に伝わったみたいですから、それでいいです」

「塩出さんがそう言うんだったらそれで――」

「いいわけありませんよ！」

ほっとした表情を浮かべて話す片桐を、百恵が一喝した。百恵は鬼のような形相をしている。

「そんなの泣き寝入りと一緒じゃない。問題は何も解決してないわよ。だって真子ちゃん、バイト辞めるつもりでしょう？　そんなのおかしいわよ。誰がどう見たって五明くんが辞めるべきじゃない！　何で真子ちゃんが辞めなきゃならないのよ！」

百恵は両目をつり上げて、烈火のごとく怒鳴り散らした。こんなに激昂《げきこう》する百恵の姿を見たのは初めてだ。

「百恵さんの気持ちは嬉しいですけど、私はもういいです。それに五明さんはアルバイトマネージャーだし、私が辞めてもお店に影響はないけど、五明さんが辞めたら大変ですから」

真子はいきり立つ百恵をたしなめるように言った。

「塩出さん、ちょっと待って。それは違うよ」

再び何かを言おうと口を開いた百恵より先に、片桐が発言した。仕事中に見せる真剣な眼差しで真子のことを見つめている。

「塩出さんの言う通り、五明がいなくなったら困るのは事実だよ。何ヵ月か働いて塩出さんもわかったと思うけど、ファミリーレストランていうのは、社員がほとんどいないんだ。うちの店でいえば店長の僕を含めてマネージャーが三人、専属の調理担当者がひとり、合わせて四人、たったの四人だよ。だから五明やこの細野さんのようなアルバイトマネージャーが活躍してるわけなんだけどね。だから今すぐ五明を辞めさせるというのは、ちょっと難しいな。でもそれと同じくらい、塩出さんたちアルバイト一人ひとりも大切なんだよ。君たちがいてくれるから、マネージャーは責任者として店舗運営全体を見渡すことができるんだからね。だから塩出さん、辞めるなんて言わないでよ」

片桐の澄んだ瞳に自分の顔が映っているのを見て、真子は心を激しく揺さぶられた。片桐の言葉は、真子の中で静かに揺らめき続けた。

「店長、それは都合が良すぎますよ。立場上お店のことを真っ先に考えるのはわかりますけど、五明くんを辞めさせなかったらこの先も同じようなことが起こりますよ。それに真子ちゃんが今まで通りに働けるわけないじゃないですか」

百恵は片桐に食ってかかった。冷静な口調を心掛けているようだが、言葉の節々から怒りが伝わってくる。

「五明とは僕がちゃんと話をするよ。それに塩出さんが五明と一緒にならないように、スケジュールもうまく調整するから。都合がいいって言われても仕方ないと思う。自分でも都合がいいことを言ってるって思うしね。でも僕は誰にも辞めて欲しくないんだよ。塩出さんは頑張り屋で、教えられた仕事を一つひとつ着実にマスターしてると思う。接客マニュアルは家で完璧に覚えてきたし、時間より早く入って前回教えられたことの復習をしてたこともあったよね？　そんな姿を見てるからこそ、これからもずっと続けて欲しいって思うんだ」

真子は片桐の顔を見つめ返してしまった。彼の言葉の一つひとつが、胸の内に染み入ってくる。目頭に熱いものがこみ上げてきた。

店長はそんなことまで知ってたんだ。私が勝手にやってたことなのに、ちゃんと見ててくれたんだ。

元々努力家である真子は、アルバイトも一生懸命頑張ってきた。一つの仕事を覚えた時の充実感は、学校生活では決して得ることのできないほど大きなものだった。そしてまた新しい仕事を教わり、それを習得するために努力する。真子はこのアルバイトが好きだったし、できることならばずっと続けていたかった。

「店長の言ってることは無茶苦茶です。真子ちゃんの気持ちも考えてあげてください」

真子の体を挟んで、百恵と片桐はそれぞれの主張を述べ合っている。そしてそれはいずれも、真子のことを真剣に考えてくれているからこその主張だった。二人の会話は、まるで渇ききった喉に流し込んだ冷水のように真子の体に浸透し、安らぎをもたらしてくれた。

「私、続けてみようと思います。こんなことがありましたけど、このバイトは大好きですし、それに百恵さんや店長がこんなに私のことを考えてくれて、すごく嬉しいです」

真子は百恵と片桐を交互に見つめた。自分の顔がはにかんでいるのがわかる。こんなふうに、人から必要とされたのは初めてかもしれない。自分を必要としてくれる人がいるだなんて、今まで考えたこともなかった。

真子はずっと受動的な人生を送ってきた。一人娘ということもあって両親からは溺愛されていたし、何もかもを与えられてきた気がする。私立の中学校を受験しなさいと言われた時もそれに向かって一生懸命努力し、見事に結果も出して親の期待に応えた。常に親の期待を裏切らないように努力してきた。しかしそれらはすべて真子自身の決断ではなかったし、何となく発生した義務感によって動かされていたような気がする。

しかし今は違う。このアルバイトは自分の意思で続けようと思ったのだ。自分のことを必要としてくれる人がいることを知り、初めて自分の存在価値を見つけたのだ。

「今回みたいにプライベートなことでもいいし、もちろん仕事のことでもいいから、困ったことがあったらどんどん相談してよ。できる限り力になるから」

片桐は真子の両手を取って、しっかりと握りしめてくれた。片桐の優しさが、触れ合う手を通して伝わってきた。形ばかりの憐れみを受けるのは苦痛でしかないが、片桐からは本物の親切を感じることができる。

鬱屈していた気持ちが晴れていく。真子は安堵感に満たされた。

隣の百恵は完全には納得していないようだったが、とりあえずは笑顔を見せてくれた。

「他には何もない？　仕事で悩んでいることとか、要望なんかでもいいよ。何でもいいから、気軽に話してよ」

片桐は微笑みながら言った。彼の笑顔は仕事中に散々見慣れているはずなのに、今はなぜか新鮮さを感じる。

「他には別に……」

「時給を倍にしてくださいって頼んでみたら？」

百恵が横やりを入れてきた。わざとらしく、いたずらっぽい笑みを浮かべている。

「ちょ、ちょっとそれは困るよ」

片桐が情けない顔で応じた。しっかりしたことを言ったかと思えば、また弱々しさを見せる。それも片桐の人間らしさなのかもしれない。

店長って、楽しい人なんだね。

真子は困惑顔で動揺する片桐の姿を眺めた。見ているだけで心が温まる気がした。

3

片桐は根元までしっかりと吸い込んだタバコを灰皿に押しつけた。何気なく数えてみると、灰皿には一一本の吸い殻が潰されていた。どれもフィルターぎりぎりまで吸い込んでいる。スタッフルームの掛け時計は午前一時を告げていた。どうやら二時間足らずの間にこの本数を吸ってしまったらしい。

家で吸えないからって、さすがにこれは吸いすぎかな。タバコ代も馬鹿にならないしな。

片桐は窓を開けて室内の換気をした。深夜になると吹き込む風は涼しさを通り越して寒さを感じさせる。八月とは思えぬ冷風を感じながら、片桐は夜空を眺めた。星の輝きでも拝むことができれば少しは心が和むのだろうが、上空は墨汁を垂らしたような闇が広がるだけだった。

さっさと片付けよう。気分は乗らないけど、やらなきゃ仕事が溜まるだけだしな。

片桐は窓を開けたまま長テーブルに戻った。奥にはマネージャールームがあるのだが、二畳ほどのスペースにパソコンと机が置かれた部屋では、圧迫感を感じて仕事がはかどらない。だから片桐は書類上のデスクワークはスタッフルームですることにしている。この時間ならば休憩しているアルバイトもいないので、こちらの方が気持ちよく仕事ができる。長テーブルに書類を広げて、わざとらしく開放感を演出しながら取り組むのがいいのだ。

店長なんてなるもんじゃないよな。いいことなんてありゃしない。

残業の度にそう思う。今日の片桐は中番で、午後七時に上がるシフトだ。しかし店長ともなれば店舗に立って営業を監督指揮する以外に、デスクワークが山ほど存在する。これらの仕事を行う時間は当然のごとく、通常業務とは別の時間外ということになる。しかもこれは完全なるサービス残業だ。残業の申請をしてしまうと、通常業務時間内に仕事を終わらせることのできないだめな店長という烙印《らくいん》を押されてしまう。だからどの店舗の店長も残業は申請しない。会社にうまく使われていると言ってしまえばそれまでだが、あえてそれに反論を唱える度胸など誰も持ち合わせてはいない。

ろくでもない会社に入社しちゃったよな。できることなら、今すぐにでも退職したいよ。

頭の芯が朦朧《もうろう》として、仕事に集中できない。心も体も疲労しているようだ。

「お疲れさまです」

閉店業務を終えたアルバイトたち三人がスタッフルームに帰ってきた。その後ろには五明の姿も見える。売り上げ記録などの重要書類が綴じられたファイルとマスターキーの束を抱えている。彼が今夜の閉店業務の責任者だ。

「店長どうしたんですか、こんな時間まで」

五明は愛想のいい笑顔を浮かべて、片桐の元へ歩み寄ってきた。外見に華があり、男の片桐から見ても〝かっこいい〟と思うほどだ。身長は一八〇センチ弱といったところで、長身のわりには細身の体をしている。ウェーブをかけた薄茶色の髪は軽く耳にかかり、風になびくように後方へ流れている。二重瞼の下に覗く瞳はやや冷たい色を放っているが、それも彼の色気を演出している。鋭く通った鼻筋と小さな口も合わせて、男性アイドル歌手を思わせる。ユニフォームはマネージャー用の紺のブレザーとグレーのスラックスを着用しているのだが、日本人離れした長い足によく映える。

二一歳のフリーターということだが、芸能関係の仕事をしているようにしか見えない。

「デスクワークがこの通りさ。おかげで残業だよ」

片桐は手元の書類を指さした。自然と口元が緩み、笑みがこぼれる。笑っていなければやっていられない。

「店長も大変だ」

五明は抱えていたファイルをテーブルの上に置き、片桐の隣に腰を下ろした。

「閉店間際に混んだみたいだな？　閉店作業がいつもより手こずったみたいだけど」

片桐は掛け時計を眺めた。店は午後一一時半に閉店する。それでも居座る客はたくさんいるが、一二時の時点で声を掛けて退店してもらう。だからマネージャーのレジ締め業務も含めて、片付け作業は一二時半には終了するはずなのだ。

「バイトに新人がいましたから」

五明は薄笑みを浮かべて答えた。どうやら片桐が事情を察していることを、わかった上での返答のようだ。

「ほどほどにしてくれよ」

片桐は苦笑した。閉店作業では営業中にオーダーミスが起こった料理を捨てるのだが、おそらくそれを食べていたのだろう。不公平が生じないように廃棄する決まりになっていたが、店長や社員マネージャーのいないところで、アルバイトたちはうまい具合にやっている。片桐はそんなことは百も承知していた。なぜなら片桐も学生時代に〈アスターシャ〉でアルバイトをしていたからだ。だからアルバイト側の心理もわかるだけに、目を瞑《つむ》れるところは瞑ってやることにしていた。仕事はできる男なんだけどな。これ以上問題を起こすようなら、さすがに庇《かば》いきれないよな。

「店長、五明さん、お先に失礼します」

着替えを済ませた男子アルバイトたちが、退出際に声を掛けてきた。

「お疲れ、気を付けて帰れよ」

大学生やフリーターの男たちに〝気を付けて〟というのも変な話だが、片桐は立場上そう声を掛けることにしていた。彼らが退室するのを見送ると、片桐は新たにタバコをくわえて火をつけた。

「五明、あっちの方もほどほどにしてくれよ。今日の昼、塩出と細野が相談しに来たよ。細野は相談というよりも、おまえを辞めさせろっていきり立ってたぞ」

片桐は上を向いてタバコの煙を大袈裟に吐き出した。外から吹き込む風に乗って、煙は一瞬にして散乱した。

「意外だな。真子は人に言ったりしないと思ってたのにな。おとなしい奴ですからね。しかしよりによって、百恵に言うとは参ったな。あいつはどうも苦手です。口うるさいし神経質だし。それで店長はどうしたんですか?」

五明はまったく悪びれる様子を見せずに聞いてきた。

いよな。

反省する気なしか。それもそうだな。この男がこれくらいのことでしょげるわけな
片桐は五明の方に体を向けた。ここは高圧的に警告すべきだと判断した。

「今回は庇っておいてやったよ。でも次はないぞ。今度こんな相談を受けたら、その時は遠慮なくおまえの首を切るからな」

「はいはい。あっ、一本もらってもいいですか?」

五明は片桐の返事も待たずにタバコを一本引き抜き、口にくわえた。ライターが片桐の手元にあったため、片桐はそれを弾くようにして彼の方へ飛ばした。

アルバイトマネージャーである五明は、現在の店舗の状況をよくわかっている。自分がこの店にとってどれだけ必要な人材か、それを把握した上で余裕の態度を見せているのだろう。片桐が五明の首を切れないことを知っているのだ。片桐にとっては悔しいところだが、その通りだから仕方がない。

「俺も学生時代は多少遊んだから人のことは言えないけど、あまり派手にやらないでくれよな」

片桐は、うまそうに一服する五明に向かって忠告した。自分の声が尻窄まりに小さくなっていく。情けない言い回しだということもわかっていたが、今の自分にできるのはこの程度の提言だけだ。

この男に何を言っても無駄だろうけど、これであの二人との約束は果たしたよな。あとは勝手にしてくれ。頼むからこれ以上、俺に厄介事を持ち込まないでくれ。

「学生時代って言いました？　嘘言わないでくださいよ。今でも現役でしょう？」

五明はいやらしい笑みを見せ、髪をかき上げた。こんな些細な仕草が様になるところが憎たらしい。

「現役のわけないじゃんか。俺はもう結婚してるし、子供だっているんだぞ」

片桐は鼻で笑ったが、思い当たる節がある。結婚してから一度もそういう経験がないわけではない。

たまに学生時代の友人と会うとよく言われる。「片桐は仕事柄、若い女とよろしくやってるんだろう？」と。「そんなにうまくはいかないよ」と笑ってあしらうのだが、時にはうまくいくこともある。土日に休みが取れないために、自然と普段の遊び仲間は店のスタッフたちになってしまう。五明ともプライベートで酒を飲むし、何人かで出かける時は十代の女の子たちとともにということになる。片桐くらいの歳の男性は十代の女の子と会話をするだけでも金が必要な時代だというのに、片桐はうまくすれば金など遣わずに会話以上のことを楽しむこともできるのだ。この交友関係がいつまでも若くいられる最たる要因だと思う。三〇歳になり、周りの友人たちの中には額が上がり始めた者や、腹が出てきた者もいるというのに、片桐の見た目は学生時代と少しも変わっていない。それもこの仕事のおかげだろう。

「店長の奥さんもバイトだったんですよね？　うまいことやったわけだ」

　五明はさらに煽ってきた。おもしろそうだと踏んだことには、とことん足を突っ込んでくる、彼はそういう男だ。

「この仕事してると、他に出会いがないからな。ただそれだけの理由だよ。他の店の社員を見てもほとんどそうだしな。奥さんはバイトしてた子だっていう奴ばかりなんだぞ」

　これもたしかに事実なのだが、自分で言って言い訳がましく思えてきた。

　片桐は大学生の時に〈アスターシャ〉でアルバイトを始めた。小遣いを稼ぐ必要があったこと、大学生活が暇だったこと、そして友人に誘われたこともあって何気なく始めた。そのまま何となく続けているうちに、アルバイトマネージャーに昇格した。就職活動が面倒臭かったこともあって、内部枠の採用試験を受けて入社する道を選んだ。その後、最初に配属された横浜駅近くの店で知り合ったのが、当時一九歳の短大生、尚美《なおみ》だった。決して美人とは言えない彼女は、片桐にとっては遊び相手にすぎなかった。しかし片桐が二五歳の時、副店長に昇進して川崎の店へ異動になると同時に、尚美に子供ができた。片桐は責任を取る形で結婚をすることになった。

　あの時子供ができてなかったら、もっと遊べたのになあ。家庭なんか持ってなかったら、こんな仕事すぐに辞めてやるのに。

当時のことを頭に浮かべてしまうと、冷たい泥のような後悔が体を這い上がってくる。

「それで真子の相談には乗ってやったわけですよね？　じゃあ今頃、真子は店長のことを信頼できる男だと思ってますね。あのくらいの歳の女はすぐに男を信じますからね。少し優しくしてやると、自分だけ特別扱いしてくれてると思ってその気になりますから。店長もヤッちゃえばいいじゃないですか？」

五明は茶飲み話でもするような何気ない口調で、平然と言い放った。五明くらいの歳では、まだわからないのだろう。ためらいなく女遊びができるのは若い時、それも独身のうちだけだということを。

「勘弁してくれよ。今の俺にそんな度胸はないよ」

「遠慮することないですって。ほら、店長って結構大変な仕事じゃないですか。客からはクレームばかり受けて、本社からはプレッシャーを掛けられて、部下からは愚痴をこぼされる。おまけにこんなふうにサービス残業して時間通りに帰ることもできない。やってられないでしょう？　だからそうやって普段頑張ってるご褒美にそういうこともないと」

五明は楽しそうにそう言うと、許可も得ずにタバコをもう一本吸い始めた。

まったく、おもしろいことを言う奴だ。でも間違ってはいないんだよな。金にならない労働をしてるのは事実だし、その分の見返りを得てもいいとは思う。でもなあ……。

「絶対うまくいきますって。店長の方からどんどん相談に乗ってやったりして、積極的に攻めていけばすぐに落ちますよ。真子は結構いい女ですよ。胸が小さいのが玉に瑕ですけど、スタイルもいいし、かなりレベルは高いですよ。俺がヤッた女の中でも、ベストテンに入りますよ」

五明は派手に笑った。女の格付けをすることが楽しくてしょうがない、そんな顔をしている。

どうしようもない奴だな。それにしても、こいつはいったい何人の女と経験してるんだよ。

「それで、そんなにレベルの高い女を、何で簡単に手放すんだよ？」

「青臭いこと言わないでくださいよ。何度もヤッたら情が移るし、あとあと面倒なことになりかねませんからね。一回ヤレば充分ですよ。だから真子は店長に譲ります」

顔は笑っているが、五明の口調には何の感情も込められていないように思えた。

「こんなのゲームみたいなものですよ。店長もあまり深く考えずに楽しまないと」

「そんな単純な問題じゃないよ」

片桐は吐き捨てるように言った。できることならば五明のように、後先考えずに楽しみたい。しかし今の自分はこの店の長であり、一家の大黒柱でもあるのだ。守らなければならないものが多すぎる。

これくらいの楽しみがあってもいいような気はするんだけどなあ。

五明の話になど乗れないと思うのだが、心のどこかで、今の自分を壊したいという欲求が湧き起こる。最近は家に帰っても妻から愚痴を聞かされるだけなので、たまには何も考えずに遊びたい。

片桐は新百合ヶ丘駅を南に下った高級住宅地に6ＬＤＫの一軒家を構えている。とても片桐の稼ぎで購入できる物件ではなかったが、娘の枝里香《えりか》が生まれた時に、妻の両親が買い与えてくれた。義父は小さいながらも会社を経営しているので、そこそこの財産を持っている。おそらく周りから見れば、片桐は〝逆玉の輿《ギャクタマ》〟と見えることだろう。しかし実際は、そんな単純なものではない。家や車といった家族の所有物は買い与えてもらったが、片桐が自由に使える金など一銭もない。片桐の給料だって妻の尚美が管理し、月々わずかな小遣いを渡されるだけだ。自分は家に給料を運ぶだけの存在、それを自覚し、片桐は常々腹立たしさを感じていた。しかし怒りを口に出したところで、何の解決にもなりはしない。

そしてもう一つの問題。最近は片桐の実母が頻繁に家にやってくる。孫の枝里香に会いたくて仕方がないようだ。その結果、お決まりのように尚美と母親との間でいざこざが起き、テレビドラマのワンシーンのような嫁姑戦争が勃発している。片桐は尚美からその話を聞かされるたびに頭を悩ませていた。

「真子の性格や好みなんかは大体わかってますから教えますよ。店長もまだまだ現役なんだから楽しみましょうよ」

五明は底意地の悪い笑みを浮かべて、片桐の肩を叩いてきた。

ゲーム感覚かあ。遊び半分ならおもしろいかもしれないな。当たりが悪そうなら、すぐにやめればいいし。十代の頃の恋愛じゃあるまいし、熱くなることもないだろう。ヤバそうなら手を引けばいいことだしな。

「おっ、店長。その顔は乗り気のようですね。そう来なくっちゃ」

五明がわざとらしくおどけて見せた。

完全にこいつに遊ばれてるよな。興味半分で俺をそそのかして、俺の動向を見物して楽しむつもりなんだろ？　それを承知の上で俺も付き合ってみるかな。

「じゃあまずは、メール作戦で行きましょう。いきなり電話だと、店長も話しにくいだろうし、向こうも引きますからね。慌てずゆっくりとがんばっていきましょう。あ、何だか楽しくなってきたぞ」

五明はいたずら小僧を思わせる笑みを見せている。

塩出も不運だったよな、こんな男に引っかかるとは。

片桐は軽蔑を込めて目の前の男を睨みつけてやったが、五明はまったく気付いていないようだった。

4

朝から降り出した雨は勢いを増す一方で、まったくやむ気配を見せない。プレハブの薄い屋根を叩きつける雨音が轟音《ごうおん》となって響いている。

真子はスタッフルームの掛け時計に目をやった。時計の針は三時二〇分を告げている。

ちょっと早いけど、お店に入ろう。今日は気分がいいし、頑張って働こう。

悪天候とは対照的に、真子の心は晴れやかだった。ここ最近はこんなに落ち着いた気持ちになれたことはない。様々な思いが絡み合い、胸の内を圧迫して滅入ってしまう毎日が続いていた。一日経った今、あらためて思う。やはり百恵と片桐に相談してよかったと。

真子は昨日の光景を思い出した。百恵も片桐も親身になって真子の相談に乗ってくれた。そのことだけでも嬉しかったのだが、片桐は真子の仕事ぶりも評価してくれた。その時の高揚《こうよう》が今でも胸の内に残っている。

店長の期待に応えられるように、頑張らないとね。

真子はスタッフルームの出入口から外に出た。外階段を下りるまではよかったが、駐車場を通って店へ向かうまでの二〇メートルほどの距離は雨に濡れてしまう。走ればたいして濡れないかな。わざわざ傘を差すほどじゃないよね。よし、行こう。

真子は両手で頭を押さえた。駆け出そうとして一歩を踏み出した瞬間、「塩出さん」と声を掛けられ、反射的に立ち止まった。

「三時半から？　まだ早いのに、相変わらず頑張るね」

片桐が青いビニール傘を差し出してきた。おそらく早番のシフトを終えてきたところなのだろう。

「雨に濡れたら風邪引いちゃうよ。はい、これ」

傘を差し出してくれた片桐の笑顔は、昨日真子の話を聞いてくれた時と同じだった。優しさが滲み出ている。

「ありがとうございます。お借りします」

真子はありがたく傘を借りることにした。傘の感触は冷たかったが、逆に心は温まっていく。自然と笑みがこぼれるのがわかる。

「少しは気持ちが落ち着いたようだね。やっぱり塩出さんには笑顔が似合うよ」

片桐は嬉しそうにそう言ってくれた。真子のことを心配してくれている様子がはっきりと伝わってきた。

「お陰様で気持ちの整理がつきました。今日からまた頑張りますから、よろしくお願いします」

「おっ、頼もしいね。塩出さんには期待してるからね」

片桐は真子の肩をポンポンと二回叩いて激励してくれた。真子は口元が緩むのを感じた。傘など差さずに雨の中を走り出したい衝動に駆られた。さすがに本当にそうすることはなかったが、足取り軽く店舗へ向かった。五明との一件のあと、店へと向かう足には重りがついているかのようだった。こんなふうにスキップでもしたい気分になれるなんて思ってもみなかった。すぐにでも辞めようと思っていたアルバイトが、一日にして心躍るイベントへと変化した。

真子は厨房の裏口から店へ入り、タイムカードを押した。手を洗ってホールへ向かうと、注文を取り終えた佐知が戻ってくるところだった。満面の笑みを浮かべて佐知は真子の元へやってきた。ユニフォームのスカート丈を短くしすぎているため、客席を拭く時など、前屈みになるとパンツが見えてしまう。もちろん彼女はまったく気にしていないようだったが。

「真子、おはよう。ねえねえ、九番の男性客二人、あの右側の方かっこよくない？思いっきりアタシのタイプなんだけど。連れの方は圏外だけどね」

「佐知、ちょっとこっち来て」

近くで佐知の顔を見た真子は、すぐに彼女をホールの隅に連れていった。そして客席のペーパーナプキンを手に取り、彼女の口を拭いてあげた。

「生クリームが口の周りについてるよ。また何か食べたでしょう？　お店のものを食べるのはよくないよ」

「だってお腹空いちゃったんだもん。ほら、アタシって甘いものが大好きじゃん」

佐知は両手でお腹を押さえて、空腹をアピールしてきた。しかしいくら空腹でも、いくら甘いものが好きでも、やっていいことと悪いことがある。ここはしっかりと注意した方がいいだろう。こんなことを続けていたら、そのうち佐知は辞めさせられてしまうかもしれない。佐知とはずっと一緒にアルバイトがしたい。

「とにかく、お店のものは食べちゃだめだよ」

真子は注意深く佐知の口を拭いた。生クリームの痕跡はなくなり、これで盗み食いの証拠はもみ消した。

「サンキュ、サンキュ。それより九番の男の人を見てよ。近いうちにアタシの彼氏になるかもしれないわけだし」

佐知はいつもこんな感じだ。無視するわけにもいかないので、真子は九番テーブルの男性客を確認した。大学生くらいの二人組の姿が見える。相変わらず佐知の好みは統一性がない。以前はチャラチャラした雰囲気の、サーファー風の男性が好きだと言っていたが、九番テーブルに座っている男性は誠実そうなタイプだ。

「しかも注文がかわいいの。〝ストロベリーサンデー〟だって。あっ、そうだ。あの六番のオバサンたちがお水くれって言ってたから、真子お願いね」

佐知は興味のない仕事を真子におしつけて行ってしまった。赤いゴム紐で金髪を一つに束ねているのだが、パーマのせいか、束ねた髪が四方八方に撥ねている。

まったく、しょうがないなあ。

真子はピッチャーを持ってホールを回り始めた。店内は比較的空いていた。ランチタイムが終了しているとはいえ、ティータイムに利用する客が散見される時間なのだが、雨のせいもあるのだろうか、客足は悪いようだ。いつもならばホールを一周する間にピッチャーの水が一度なくなるのだが、今日は充分に余っている。せっかくやる気になっているというのに、今日は暇そうだ。

注意深く客席を見渡しながらホールを回っていると、食べかすが載っているテーブルを見つけた。客が帰ったあと、テーブルをきちんと拭かなかった証拠だ。佐知にはもう少しこういうところを、きちんとやってもらいたい。

布巾を取りに戻ると、ちょうど佐知が先ほどの男性客に〝ストロベリーサンデー〟を運んでいくところだった。

「ちょ、ちょっと佐知、それはいくらなんでもまずいよ。社員がいるのに」

真子は首を振って訴えた。ここは彼女を止めるべきだろう。

「いいの、いいの。私の愛を込めただけだから」

佐知は気にせず男性客の元へ向かった。佐知の持つトレーに載っている〝ストロベリーサンデー〟は、見たこともない商品になっていた。盛りつけられている苺の数が半端でなかったし、それに〝フルーツパフェ〟に使うメロンやバナナまでもが入っている。器から今にもこぼれ落ちそうなほどに、様々な食材が盛られていた。

いくらなんでもやりすぎだよ。絶対、愛の込め方を間違えてるよ。

通常、客から注文を受けた品は厨房にオーダーを入れるのだが、ドリンクとデザート類はホールの人間が自分で作るシステムになっている。パフェのような多少複雑な商品は写真付きのマニュアルがクッキングスペースに貼られているため、誰が作っても同じ商品が出来上がるはずなのだ。しかし社員マネージャーのいない時間帯は、ご愛敬ということで独自のサービスをしている者もいたが、ここまですごい〝オリジナル商品〟は見たことがない。しかも今は社員マネージャーがいる時間帯だ。

胸の内に不安が湧き起こり、真子の鼓動を高鳴らせた。しかし真子の心配など、佐知は少しも気付いていてくれていないようだ。

佐知が〝ストロベリーサンデー〟ならぬ、その得体の知れない商品を男性客の前に差し出すと、男性は目を丸くして何かを言っていた。メニューの写真とは明らかに違うものを見て、驚いて質問しているのだろう。佐知は男性客と二言三言会話をすると、小走りで戻ってきた。

「すっごい喜んでくれた。あとでメアドを交換してもらおうっと」

佐知は興奮気味に言っているが、男性客は明らかに迷惑そうにしていた。まず間違いなく、佐知の愛は伝わっていないだろう。

「お連れの方の注文は？　まだ出てないみたいだけど」

「あっ、忘れてた！　アイスコーヒーだった」

佐知は慌ててアイスコーヒーを用意し始めた。デザートよりもドリンクが遅いというのも変な話だが、怒り出しそうな客ではなかったので真子は安心した。

「真子ごめん、今ので苺がなくなっちゃったんだ。補充してくれる？」

佐知はアイスコーヒーを運びながらウインクしてきた。あんなに大量に盛りつけたら、なくなって当然だ。

真子は苦笑を噛み殺しながら、厨房に向かった。厨房の片隅にある従業員用の手洗い所のところに、先日入ったばかりの女子大生のアルバイトが突っ立っていた。童顔で、真子たちと同い年くらいに見えるその女子アルバイトは、目に涙を浮かべている。社員マネージャーに説教でもされたのだろうか。

「どうしたんですか？」

真子は彼女の顔を覗き込むようにして声を掛けた。人見知りが激しいため、普段はそれほど積極的に、人に声を掛ける方ではない。しかし今日は自然と言葉が出てきた。心に余裕ができて、他人のことを思いやれるようになったのかもしれない。

彼女は一瞬戸惑いを見せたが、真子がこんなふうに声を掛けたことを喜んでいるのか、軽く笑みを見せて語り始めた。

「テーブルについてらっしゃるお客様にタバコをくれと小銭を渡されたので、それで私は入口の自動販売機で買ってきました。それを社員さんが見ていて……」

真子は瞬時に状況を把握し、小さく頷いた。真子にも思い当たる節がある。

「マニュアル以上のサービスは絶対にするなって、私も注意されたことがありますよ。誰でも一度は怒られることだと思うし、そんなに気を落とす必要はないですよ」

マニュアル以上のサービスという自分の発言から、先ほどの佐知の姿が頭に浮かんだが、それは忘れてあげることにした。とにかくこういった過剰サービスは絶対にしてはならないのだ。

「私がお客様に指示されてタバコを買ってくる姿を別のお客様が見てらっしゃったら、同じように頼んでくるだろうと言われました。そこで他の店員がマニュアル通りに『あちらの販売機でご購入ください』って答えたら、そのお客様は怒り出すだろうって社員さんからお叱りを受けました」

彼女は申し訳なさそうにうつむいて言った。責任感が強すぎるのか、よほど気にしているらしい。

「お客様のことを思ってやったんですよね？　それがたまたまマニュアル以上のサービスだっただけで、その心遣いは素晴らしいことだと思いますよ。私もまだ偉そうなことを言える立場じゃないですけど、一緒に頂張りましょう」

「ありがとうございます。私も頂張ります」

彼女は頬を紅潮させて言った。真子は一礼をしてその場をあとにした。

私も少しは人の役に立てたかな。百恵さんや店長によくしてもらって、私も元気になることができたから、これからは人の役に立ちたいな。

真子は今日一日、気分よく仕事をした。あっという間に終業時間の七時半がやってきた。学校がある時は入り時間が遅いため、もっと遅くまで仕事をしているのだが、夏休み中はこの時刻でも遅いくらいだ。だが楽しく仕事をすると時間の経過がとても早い。

従業員出入口を出ると外はすっかり暗くなっていた。相変わらず雨足は鈍らず、音を立ててアスファルトを叩いている。せっかく気持ちよく仕事を終えたというのに、この天気は残念だ。

真子はビニール傘を差してスタッフルームに向かった。部屋に入ると片桐の姿があった。テーブルに書類を広げて書き物をしている。

「塩出さん、お疲れさま」

「お疲れさまです。傘ありがとうございました。ここに入れておきますね」

真子はビニール傘を傘立てに入れた。滴が飛び、手の甲を濡らしたが、熱を帯びた体に冷たさが気持ちよく浸透していった。

「塩出さん、今日は歩いてきたの？」

片桐はボールペンを握る手を休め、屈託のない笑顔で問いかけてきた。

「はい。いつもは自転車なんですけど、このお天気なので」

「じゃあ車で送るよ。ちょうど仕事も終わったところだから」

片桐はテーブルの上の書類を片付け始めた。

「そんなの悪いですよ。私の家はすぐ近くですから大丈夫です」

真子は恐縮して両手を振った。いくら片桐の厚意とはいえ、そこまで甘えるわけにはいかない。

「遠慮しなくていいって。それに昨日も言ったでしょう、仕事の相談もして欲しいって。アルバイトの子たちが仕事のことをどんなふうに考えているのか、それを把握しておくのも店長の大事な仕事なんだよ。もちろん昨日のような相談でもいいよ。僕にできることだったら何でもするから。ほら、早く着替えて」

片桐の笑顔を見ているとほっとする。真子はありがたく厚意に甘えることにした。人の親切というものを素直に受け入れようと思った。そして何より、単純に嬉しかった。

5

今日も雨は降り続いていた。サービス業は天候が売り上げに直接影響してしまうので、こんな悪天候が続いては不安を感じずにはいられない。片桐はホールを見渡した。午後一時。普段ならランチタイムでごった返すはずの時間なのだが空席が目立つ。夏休み中は例年ならば学生たちで賑わい、ピークタイムが延々と続くのだが、今年の夏はそんな光景をまだ見ていない。第一、夏らしい天候を見た覚えすらない。客の中には長袖のシャツを着ている者がいるくらいだ。

今月のセールスプランを見直すかあ。また本社からぶつぶつ言われるだろうな。あ、やだ、やだ。

全身が徒労感に満たされる。空気が鉛に変わったかのように、片桐の全身に重くのしかかってきた。

ふと辺りを見回すと、客席の一角で五明が女性客と話をしていた。注文を取っているわけではなさそうだ。クレームの対応とも違う。それくらいのことは客の表情と仕草を見れば察しがつく。

五明の奴、またかよ。俺もあいつみたいに、かっこよく生まれたかったな。

少しすると、五明が片桐の元へやって来た。いやらしい笑みを浮かべている。何かしらの収穫があったのだろう。

「またナンパされたのかよ」

五明はすました顔で頷いた。いつものことですよ、とでも言わんばかりの態度だ。

「こちらから声を掛けるのはNGでも、向こうから声を掛けてきたらしょうがないですよね？」

五明は不敵な笑みを見せた。五明の言う通り、客から声を掛けられた場合は基本的にどうしようと構わない。実際そんなことはよくあることだ。主にアルバイトの女の子が男性客に声を掛けられるのだが、五明のような容姿に長けた男は女性客からも頻繁に声を掛けられる。

「随分熱心に話し込んでたな。あの人には悪いけど、おまえが相手にするような女じゃないだろう」

片桐は女性客を眺めながら言った。二〇代後半のキャリアウーマンといった感じだが、お世辞にも美人とは言えない。

「ルックスだけで女性を判断したりしませんから」

五明はわざとらしく偉ぶって発言した。彼の口からこんな言葉が飛び出すとは思わなかった。

「じゃあ、どこで判断するんだよ？　まさかおまえが性格だとか中身重視だなんて言わないよな？」

「そんな甘ちゃんなこと言いませんよ。金ですよ、金。あの女金持ってますよ。だから少しくらい付き合ってやってもいいかなと思って連絡先を交換しておきました」

五明はスラックスのポケットからメモ用紙を取り出して、自慢気に見せびらかした。そこにはあの女性のものらしい携帯電話の番号が記されていた。

「どうして金持ちだってわかるんだよ？　服もバッグもそこそこのものを身につけてるみたいだけど、あれくらいのもの持ってる女ならいくらでもいるんじゃないか？」

片桐はもう一度女性客を見やった。コーヒーをすするその女性は確かにお洒落に気を遣っているようだったが、金持ちという印象ではない。

「時計ですよ。あの時計、カルティエの限定品です。日本では売られていないのでこちらでの市場価格は正確にはわかりませんが、少なくとも二〇〇万はすると思いますよ。時計にそれだけの金を使える女は本物の金持ちです。時計っていうのは金を掛ける優先順位がかなり低いですから。一番が服とバッグ。二番が財布やアクセサリー。三番が靴。この上位は人によって多少順位が入れ替わりますけど、時計なんてこのずっとあとです。そこまで金を掛けられる女は間違いなく本物の金持ちです」

五明はきっぱりと言い放った。自らの主張を信じて疑わない、自信に満ちた表情を浮かべている。

「おまえには感心させられるなあ」

片桐は溜息をついてから言った。ここまで来ると、タチが悪いとしか言いようがない。単なる女好きならまだ救いようがあるが、五明は妙なところで賢さを見せる。適当に遊ばれて、金まで巻き上げられる女性に同情したくもなる。

「それより店長、真子とはどうなってるんですか？　昨日は車で送ってやったらしいじゃないですか？　もしかしてもうヤッちゃったとか？」

五明は興味深そうに片桐の顔を覗き込んできた。

「おまえと一緒にするなよ。昨日は車で家の近くまで送って、少し話をしただけだよ。最初はそんなもんだろう?」

片桐の話を聞くのが楽しくて仕方ない、彼はそんな顔をしている。片桐の中で、ふと警戒心が芽生えた。やはり五明には気を付けるべきだろう。時には役に立つアドバイスをしてくれるが、あまり関わりすぎると、自分の身が危なくなるかもしれない。しかしまだ大丈夫だ。真子を車で送ってやるのも、たまにメールをするのも、仮に誰かに知られたとしても後ろめたいものではない。むしろアルバイトのことをよく気遣う、優しい店長という評価が得られるのではないだろうか。つまり自分は、まだ取り返しがつく場所にいるということだ。

「すみませーん!」

そこで客から声が掛かった。五明は客に背を向けて舌打ちしてからそのテーブルに向かっていった。デザートの追加注文だったらしく、五明は近くにいたアルバイトの女の子に指示を出して戻ってきた。

「デザートの注文は、基本的には自分で作る決まりだったよな? それがオーダーミスと出し忘れを防ぐためだって、バイトに指導してるんじゃないのか?」

「〝基本的には〟でしょう? 暇そうにしてるバイトがいたし、俺は店長と重要な話があるわけだから、今のはマネージャーとして妥当な判断ですよ」

五明は反省する素振りも見せずに続けた。

「それで真子の反応はどうだったんですか？　いい感じでしたか？」

この男はどうしようもない、そう思うのだが、なぜか親しくしてしまう。彼といっしょにいると得することがある、無意識のうちにそんな計算が働いているのかもしれない。

「感触は悪くない気がするよ。完全に俺のことを信じきってるって感じだな。それに俺もおもしろくなってきたよ。おまえの言ってたゲームみたいなものだっていう意味がわかってきたよ」

片桐は昨日のことを思い出した。家まで送ってやる途中、真子は様々な話を聞かせてくれた。わずか数分のドライブだったが、仕事の話だけでなく、学校のことや友達のことまで話してくれた。そんな恋人にするようなたわいもない話を聞かせてくれたことが妙に嬉しかった。真子と会話をしていると、片桐の中で忘れかけていた冒険心が疼いた。こんなに子供っぽい高揚に身を任せられるのは、学生の時以来の気がした。

「それじゃあ、これからが攻め時ですよ。それでエンディングを迎えられますよ」

一気にたたみかける。メールや電話をして何気ない話をしてから
五明があんまり楽しそうに話をするものだから、片桐も気分が盛り上がってきた。

「こんなところで無駄話をしていると、バイトの子たちに示しがつきませんよ。まっ

たく、店長まで」

吐き捨てるようにそう言ってきたのは百恵だった。汚物でも見るかのような蔑んだ目つきで、五明を見ている。よほど彼のことが嫌いらしい。

悪い子じゃないんだけどなあ。神経質で、細かいことばかりを指摘してくるところがちょっとな。

百恵については、もうひとつ気になることがある。他人に対して、世話を焼きすぎる点だ。心理学を勉強するのもカウンセラーを目指すのも勝手だが、それを店の中に持ち込まないでほしい。真子や他の女子アルバイトの相談を喜んで受けて、こちらに矛先を向けるのだけはよしてほしい。最終的に面倒事を処理するのは、店長である自分なのだから。

「客足が伸びないからどうしようかって店長と相談してたんだよ。無駄話なんてしてないから、そんなに目くじら立てるなよ」

片桐の代わりに五明が弁解した。嘘八百だが、なかなかいい弁解だと思う。五明は頭の回転も速い。片桐は畏敬の念を込めて五明を見つめた。

「だったら人件費削減のために暇そうにしてるバイトの子を帰らせたらどうですか？私はバイトだから給料さえもらえればそれでいいですけど、社員はまた本社の人に叩かれるんじゃないですか。心理学的に見ても、上司からの叱責は極めて高いストレスになりますし、避ける努力をした方が賢明かと思いますが」

百恵の言っていることはもっともなのだが、ここまで来ると余計なお節介だ。アルバイトがそこまで気を遣う必要はない。

「店長、それじゃあ俺がバイトの子たちに早く上がるように伝えてきます」

五明はこの場から逃げるようにして走っていった。要領のいい五明らしい判断だ。

おい、おい、厄介事を俺に押しつけて退散かよ。

胸の奥が激しく波立っているのを感じながらも、片桐は笑顔を作り続けた。

「店長は厨房に行った方がよさそうですよ」

百恵がカウンターから厨房内を覗いている。目を細めて煙たそうな顔をしているところを見ると、どうやら厄介事のようだ。

「池谷《いけたに》チーフがまた、バイトの男の子を殴ってるみたいです」

またかよ……。勘弁してくれよお。

胃がきりきりと痛み出す。すべてを投げ出し、考えることをやめ、この場にうずくまりたかった。

「池谷チーフは解雇した方がいいんじゃないですか？　今時あんなやり方でバイトを指導するなんて時代遅れです。料理の世界のしきたりを教えたいなら、自分の店を持ってそこでやればいいんですよ。ファミレスであんな職人の修業みたいなことさせてどうするんですか。暴力でバイトを指導するなんて許せません。心理学的に見ても——」

「わかった、わかった。心理学の講釈《こうしゃく》はあとでゆっくり聞くから」

片桐は百恵の発言を制して、厨房へ向かった。

心理学、心理学って、いくらなんでもしつこすぎる。カウンセラーを目指してるんだったら、もう少し俺の身になって考えてくれよ。こっちはこっちで大変なんだから。

厨房ではたった今、百恵が指摘した通りの光景が広がっていた。

「何度言ったらわかるんだ！　おまえは皿を洗ってりゃいいんだよ！　料理をしようなんて一〇年早いんだ！」

「でも他の子たちだって料理を——」

「うるせえ！　俺に逆らうんじゃねえ！」

池谷一久《かずひさ》は、男子アルバイトの背中をものすごい勢いで蹴飛ばした。瘦身の大学生アルバイトは、シンクにもたれ掛かるようにしてうなだれている。

「池谷チーフ、何やってるんですか！　暴力はだめですよ」

片桐は少し大袈裟に、大声を張り上げて注意した。あまり乗り気ではなかったが、止めに入らざるを得ない。

「このガキが生意気なことぬかしやがるからだ」

池谷は小太りの体を上下に揺らして息を乱している。今年五一歳になる池谷は、いい歳をして子どものようにわがままで、気に入らないことがあるとすぐに癇癪《かんしゃく》を起こす。すっかり白くなった髪をかき乱し、いつもイライラしているのでアルバイトたちから恐れられていた。これが職人だと言ってしまえばそれまでなのだが、ファミリーレストランに職人は必要ない。決められたマニュアル通りに動いてくれる人材でなければ、円滑に店舗は運営できない。しかし残念ながら池谷のような料理人がまだ存在してしまうのだ。

バイトの指導もできないで、何がチーフだ。もうこれ以上、俺を困らせないでくれよ。

職人と呼ばれる人たちは指導をすることが苦手だ。皆が皆というわけではないのだろうが、少なくとも、片桐が見てきた職人は全員そうだ。技術は教わるものではなく見て盗むものという信念があるため、アルバイトに細かな指示を与えたりはしない。そのくせアルバイトが思い通りに動かないと機嫌を損ねて暴力を振るう。そういう辛い思いをすることこそが修業であり、意味のあることだと信じている。しかしこんな考え方をファミリーレストランに持ち込まれては迷惑以外の何ものでもない。

「池谷チーフ、彼ももう新人じゃないんですから、皿洗いだけってわけにはいかないでしょう？　ファミレスはバイトが料理をするところなんですから」

片桐はたしなめるように言った。自分よりもむしろ父親の年齢に近い男に、どうしてこんなことを教えなければならないのかと疑問に思ったが、これも店長の仕事だから仕方がない。

「厨房のしきたりは俺が作る。店長とはいえ、あんたは黙っててくれ！」

池谷は怯まずに怒鳴り返してきた。完全に時代錯誤な考え方だ。厨房を含めたすべてのカテゴリーを、本社の作ったシステムで運営するのがファミリーレストランなのだ。そこには個人の信念など入り込む余地はないし、そんなものを入れてしまったらシステム自体が崩壊してしまう。

「店長、もういいです。僕は辞めます」

瞳に涙を溜めた男子アルバイトは、片桐に一礼をして立ち去った。

まいったなあ。営業中に何やってるんだよ……。

片桐は、この場から逃げ出したくなる気持ちを何とか堪えた。とにかく今は、池谷の方を何とかしなければならない。このままでは料理がまったく上がってこない。

「料理の世界っていうのはこういうもんだ。納得のいかねえ奴はとっとと辞めちまえ！」

池谷は茹でダコのように顔を真っ赤にして怒声を発した。どうやら興奮しすぎて頬が紅潮してしまったらしい。そんな池谷の顔をまじまじと眺めていた片桐はふと気付いた。

違う！　こいつの顔が赤いのは、そんな理由じゃない！

片桐は注意深く辺りを見渡した。調理テーブルの上にグラスが置かれている。厨房のスタッフが水を飲むためのものだが、中に入っている液体は水ではない。微妙に黄色が混じっている。グラスのすぐ脇には調理用の白ワインのボトルが無造作に置かれていた。

飲んでるのか……。勘弁してくれよお。

片桐の頭に先ほどの百恵の言葉が響いた。

従業員を解雇するということがどれほどのことか、学生の百恵にわかるわけがない。だから余計な口を挟まないで欲しい。

明らかに職務を逸脱した行為をする社員に対しては、店長に解雇権が与えられている。アルバイトに暴力を振るう社員、仕事中に酒を飲む社員、これだけで充分解雇事由に相当するわけだが、実際にはそんな簡単なものではない。池谷にも家族があるのだ。妻と子どもを食べさせてやらなければならない立場なのだ。つまり店長というのは、他人の一家の命運をも握っているということになる。片桐も妻と子どもを持つ身だからよくわかる。

ああ、面倒臭い、面倒臭い。何でこんなことで頭を悩ませなきゃならないんだよ。

片桐はそれ以上何も告げずにホールへ戻った。ホールでは百恵が睨みを利かせて待ち構えていた。厨房での一件がどうなったのかを聞くつもりなのだろう。

店長なんてなるもんじゃないよな。安月給でこんな思いをしなくちゃならないなんて、やってられない。ああ、やだやだ。

片桐は百恵を避けるようにして外へ出た。駐車場の見回りのつもりだったのだが、豪雨の中を歩き回りたくはない。どす黒い空を眺めながら、片桐は大きく溜息をついた。

彼女、今日はバイトに入ってなかったよな。今頃何してるのかな。

片桐は真子のことを思い浮かべた。不思議と少しだけ気持ちが落ち着いた。

6

八月も終わりに近づき、そろそろ秋の到来かと思っていたところでむし暑い日々がやってきた。もう今年の夏は暑さを感じることのないまま終わってしまうのだろうと思っていた矢先のことだった。今までの鬱憤を晴らすかのように、太陽はめいっぱい輝きを放っている。窓際に座る真子は、そんな陽光を浴びながら目の前の佐知を見やった。

「佐知、手が止まってるよ」

注意をされても佐知は手を動かそうとしない。ストローをくわえてドリンクに息を吹き込み、カップの中でぶくぶくと音が鳴るのを楽しんでいる。

真子と佐知は新百合ヶ丘駅前のファーストフード店にいた。二学期が始まるまで一週間を切ったというのに、佐知が宿題にまったく手をつけていないと言い出したので、真子は手伝ってあげることにした。佐知は一学期末に自慢気に通知表を見せてくれた。五段階評価の〝1〟が並ぶ真っ赤な通知表だった。真子はそんな通知表を見るのは初めてだったのでついまじまじと眺めていたら、佐知はピースサインをしてきた。このままでは留年してしまうので夏休みに特別な課題が出て、それをやれば多少は首が繋がると佐知は言っていた。しかしこの時期になってもその課題をまったくやっていないと聞き、真子はいてもたってもいられず今日の勉強会を開くことにしたのだ。

いくら勉強会を開いても、本人にやる気がなかったらどうしようもないんだよね。困ったなあ。

「ねえ真子、これから海行かない？　せっかくいい天気になったのに、こんなところにいたらもったいないって。ほら、今年の夏はアタシの肌もこんなに白くなっちゃったし」

佐知は両腕を伸ばしてアピールしてきたが、どう見てもその肌は茶褐色だった。彼女はオレンジ色のタンクトップとデニムスカートという服装をしている。仕事中ではないので、化粧がいつもより派手だ。瞼に塗られたブルーシャドウの面積が広すぎて、不気味な顔になっている。

対照的に真子は、今日も落ち着いた服装をしてきた。ベージュのプリーツスカートと若草色のピンタックシャツ。おそらく佐知と席をともにしている光景は、周りからは奇妙に映っていることだろう。

「佐知のために、今日はこうして勉強会を開いたんでしょ？」

「でもさあ、お昼時だっていうのに、ウチらくらいの歳の子は全然いないじゃん。みんな海に行ってんだよ。だからさあ」

佐知はおねだりをする子供のような上目遣いで真子の顔を見てきた。たしかに店内は一二時過ぎだというのに若者の姿は少なかった。しかしそんなことは関係ない。

「だめ！　佐知のためを思って、こうしてるんだからね。ほら、早くやって。まだこんなにプリントがあるんだよ」

真子はテーブルの上のプリントの束を、佐知の目の前で持ち上げた。

「だってさあ、真子は頭いいお嬢さま学校に行ってるから、こんな問題すぐに解けちゃうかもしれないけど、アタシはわかんないもん。どうせアタシは県で一番のバカ学校だし」

とうとう佐知はふてくされてしまった。頬を膨らませて、そっぽを向いている。

「そんなこと言わないでほら、わからないところは教えてあげるから」

真子はだだをこねる子供をたしなめるように言った。佐知の言う通り、今やっている数学の問題は中学生レベルで、真子にとっては容易な問題だったがあえてそのことは告げず、何とか佐知のやる気を起こさせることに努めた。

「しょうがないなあ。真子がそこまで言うんだったらやってあげるよ」

佐知は渋々ではあったが、再び手を動かし始めた。その態度は何か違う気もしたが、真子は気にしないことにした。

店内にはＢＧＭが鳴り響いていた。有線放送だろうか。真子の大好きな川嶋あいの曲が流れている。天使の声と称される優しい歌声が、心地好く体に浸透してくる。

佐知はいいなあ。なんか楽しそう。

数学の問題と闘っている佐知の姿を眺めながら、真子はふと思った。日に焼けた肌を惜しむことなく露出し、派手な化粧をして自分を輝かせている。佐知がいつも着ているタンクトップやキャミソールのような大胆な服を身につけてみたいという願望があったが、どうしても踏ん切りがつかない。今着ているようなおとなしい服ばかりを選んでしまう。

「真子、どうしたの？　そんなにアタシのこと見つめて。だめだよ、アタシ女の子には興味ないから」

佐知は冗談めかして笑った。少し黄ばんだ前歯を露にして、豪快に口を開けている。

「そんなんじゃないよ。ただ佐知のことが羨ましく思えただけだよ」

「はあ？　アタシは真子のことが羨ましいよ。かわいいし、頭もいいし、真子みたいなのを才色なんとかって言うんでしょ？」

おそらく佐知は才色兼備と言いたかったのだろうが、真面目な顔をしてそんなことを言うものだから真子はおかしくなってしまった。手を口に当てて、うつむき加減に笑い声を出した。

「私はそんなんじゃないよ。優等生を演じてるだけだよ。小さい頃から両親にかわいがられて育ったから、親の期待に応えることだけを考えて生きてきた気がするんだよね。自分で何かを決めたことはないし、何をするにしても、いつも親の目を気にしてた。もちろん感謝はしてるけど、正直言うと少し窮屈だった。だから佐知みたいに自由に生きてる人を見ると、羨ましく思えちゃうんだよね」

真子は人には決して見せない本音を、堂々と佐知に見せた。学校の友達にもこんな話はしたことがない。というよりも、学校には友達と呼べる者などいないのかもしれない。真子の学校の生徒は皆、優等生を気取る演技者ばかりだ。真子自身がそうなのだからよくわかる。だから腹を割って話をする気にはなれない。上辺だけの付き合いと割り切って、友達ごっこをしているにすぎない。

「真子、それは贅沢な悩みだよ。ていうか甘えだよ」

佐知は真剣な表情で真子を見つめてきた。チャラチャラした格好の少女からは想像もつかないほどに、まっすぐな目をしていた。

「アタシの父親は、アタシが小学生の時に蒸発した。だからそれからずっとママとオネエと三人で暮らしてきた。生活保護を受けながらの貧しい生活だったんだよ。そのせいにはしたくないけど、アタシは中学の時すごく荒れてた。家出したり、万引きしたりして、何度も警察のお世話になったし。でもその度にママはアタシを引き取りに来てくれて涙を流してくれた。だからアタシはママのためにも中学を出たら働こうと思ってさ。でも高校だけは出てくれってママに頼まれたんだ。アタシはこんな格好してるし、バカだからいい加減に見えるだろうけど、少しはしっかりしてるんだよ。バイトの給料の半分はママに渡してるし、それにオネエも自分はフリーターのくせに、アタシには高校を卒業してもらいたいって言って、学費を援助してくれてるんだ。真子とは次元が違うかもしれないけど、アタシも期待されてるわけよ。そんなふうに自分だけが被害者みたいに考えるのはよくないよ」

佐知は最後に軽く微笑むと、一息ついてドリンクに口をつけた。そしてまた、ぶくぶくと音を立てる。

　ここまで詳しく佐知の身の上話を聞いたのは初めてだった。真子は驚きとともに、自らを戒める思いに駆られた。

　佐知の言う通りだね。私は甘えてたよ。でも……。

「だったらなおさら、もっとしっかり勉強しなきゃだめじゃない！　言ってることとやってることが、全然合ってないじゃん」

　真子は冷静に考えを巡らせるうちに、そんな疑問に辿り着いた。佐知は赤点を取って留年している場合ではないはずだ。

「そんなこと言われても、バカは急には治らないもん。だからさあ、可哀想なアタシを助けると思って真子がこれを全部やってくれれば……、やっぱだめだよね」

　真子は彼女のためを思い、凄味を利かせた目で佐知を見つめた。それに気付いたのか、佐知の声は次第に小さくなっていった。しかし佐知の話は事実だろう。佐知が時折見せる芯の通った考え方は、そうした境遇が背景にあるのだと思う。

「とにかくさあ、夏なんだし、恋をすることだよ。恋をすれば男が女を変えてくれるって。それで女はどんどん輝いちゃうわけよ」

　佐知は強引に話をまとめた。

「恋ねえ……」

「あっ、ごめん。真子は辛いことがあったばかりだったね」

真子が感慨深げに溜息をつくと、佐知は申し訳なさそうにぺろっと舌を出した。

「アタシちょっとお腹空いちゃったから、何か買ってくるね。真子の分もおごってあげる。プリントやってもらうお礼ってことでさあ。全然遠慮しなくていいよ。適当に買ってくるね」

気まずくなりかけた空気を嫌ってか、佐知は席を立つと足早にカウンターの方へ向かっていった。

そんなに気にしなくてもいいのに。

真子は佐知の背中を見つめながら頬杖をついた。何気なく辺りを見渡すと、先ほどとはうって変わって人の波で溢れかえっている。真子の働くファミリーレストランに比べると狭苦しく感じるフロアは、午後一時を回って急に混雑し始めた。ファーストフード店のピークタイムはレストランのそれと多少時間がずれているらしい。佐知が重たそうにトレーを抱えて戻ってきた時には、空席はなくなっていた。客席には真子たちと同年代の少女も増え、とても勉強ができるような環境ではなくなっていたので、食事休憩にするには最適かもしれない。

「いっぱい買ってきたから好きなの食べて」

佐知はテーブルにトレーを置くと、早速ポテトを摘み始めた。

「買いすぎだよ。私はこんなに食べれないよ」

真子はトレーを眺めると、しばらく視線を固定させた。トレーにはバーガー類が四個と、ポテトの大きいサイズが二つも載っている。

「いっぱい食べて栄養つけないとだめだよ」

ファーストフード店の商品で栄養がつくかは疑問だったが、せっかくの佐知の好意なので、ありがたく頂くことにした。

「五明さんのことは、もう大丈夫だから。佐知に言われた通り、もう終わったことだと思って忘れることにしたの」

佐知が気に掛けてくれているようなので、真子の方から話すことにした。そのことには触れないようにしようと、佐知に気を遣わせておくのが申し訳なかった。

「そう来なくっちゃ。だから最近、真子が元気いっぱいに見えるのかな。でもよく踏ん切りがついたね」

佐知はハンバーガーを頬張りながら言った。ピクルスの破片らしきものが彼女の口から飛び出してきたが、佐知はまったく気にしていないようだった。

「佐知、もう少しゆっくり食べなよ」

真子はペーパーナプキンを手に取り、ケチャップがこびりついた佐知の口元を拭いてあげた。

「サンキュ、サンキュ。それより、どうして踏ん切りがついたか教えてよ」

佐知は二個目のバーガーを頬張り始めた。今度はタルタルソースが鼻の頭についている。真子はそれも拭いながら、話を始めた。

「百恵さんに相談したら、親身になって話を聞いてくれたの。百恵さんは五明さんと同い年だし、一緒にマネージャーをやってるから親しいのかと思ってたんだけど、五明さんのことをすごく嫌ってた。五明さんて、女癖が悪いらしいの。私の前にもそれで辞めてった女の子がいるんだって。それを聞いて私もきっぱり諦めることができた。それに百恵さんだけじゃなくて――」

ちょうどその時、テーブルの上に出しておいた真子の携帯電話がガタガタと震えだした。手に取ってみるとメールを受信したことがわかった。

「真子さあ、ひょっとして彼氏できた？　今まで一緒にいる時に、真子の携帯が鳴ったことなんてなかったじゃん」

佐知は怪しむような目をして、携帯電話を覗き込んできた。

「そんなんじゃないって。店長からだよ」

真子はすぐさま携帯電話を、佐知の目から遠ざけた。いくら親友でも、メールの内容まで見られたくはない。

「店長って、うちの店の？」

佐知は口に運びかけたポテトを戻し、目をまん丸にして聞いた。

真子は携帯電話を操作しながら頷いた。受信したメールを読んでみると、いつものように急を要する内容ではなかったので返信はあとですることにした。

「どういうこと？　店長とメールなんて」

佐知は眉根を寄せて聞いてきた。

「そんなに驚くことないでしょう。さっきの話の続きになるけど、五明さんの件は店長にも相談したの。百恵さんに勧められてね。最初は少し戸惑ったんだけど、今は相談して良かったと思ってる。店長が気を遣ってくれて、五明さんと一緒にならないようにスケジュールを組んでくれてるし。それにいろいろと相談に乗ってくれるんだあ」

「あの店長がねえ。アタシには厳しいくせに」

佐知は店長のことをあまり好いていないようで、顔をしかめ、棘のある言い方をした。

「佐知は髪の色を注意されても直さないからだよ。店長も立場上、うるさく言わないといけないのよ」

「やけに店長の肩を持つじゃん。でも五明さんの件はもう落ち着いたわけでしょ？だったら今はどんなメールしてんの？」

佐知は怪訝そうな顔をして聞いてきた。

「〝おはよう〟とか〝おやすみ〟とか、今日何があったとか、そんな感じのメールだよ」

「キモーい！　彼氏じゃあるまいし、何であんな奴とそんなメールしてんのよ？　ちょっと真子、大丈夫？　ていうか、あの店長がそんなことしてると思うと鳥肌が立つよ」

佐知は両手を胸に添え、大袈裟に体を震わせた。その表情には嫌悪感が貼りついている。

「そんなに変かなあ？」

真子は、佐知がそこまで嫌がるわけがわからなかった。

「変に決まってんじゃん。気を付けた方がいいって。絶対あいつ、下心があるよ。それで、どれくらいのペースで入ってくるの？」

「一日に一件か二件だよ」

「何で毎日してんのよ！　それ絶対ヤバいって。アタシは前からあの男はヤバいと思ってたんだよね。表と裏がありそうなタイプだよ。裏ではエロいことばっかり考えてそうだし。きゃあ、真子がまた悪い男にヤラレちゃうよお！」

「ちょ、ちょっと佐知、静かに……」

佐知が遠慮することなく大声でそんな話をするものだから、真子は慌てて両手を差し出し、彼女の口を塞いだ。うつむき気味に辺りを窺うと、周りの客たちの視線が突き刺さってきた。好奇の目を向けてくる男性客もいれば、あからさまに侮蔑の視線を刺してくる中年女性もいる。真子は恥ずかしさのあまり頬が紅潮し、耳たぶが熱くなるのを感じた。

「苦しいよお。アタシ慢性鼻炎なんだから、口塞がれたら、息吸えなくて死んじゃうんだからね」

佐知は息を乱しながら、真子の手を自分の口からどけた。

佐知は店長のことをあまりよく思ってないから、だからこんなことを言うんだよ。店長は私のことを気にしてくれてるだけだよ。下心なんかじゃなくて、親切だよ。

自分のことを気に掛けてくれるという嬉しさとありがたみが、真子の心に浸透していたので、佐知の忠告は聞き流すことにした。

7

昨日と同じく、今日も佐知は海へ行こうと誘いを掛けてきた。真子は「行けるわけないでしょ」とその提案を一蹴したが、佐知は諦めきれないらしく残念そうに窓の外を眺めていた。しかしいくら佐知がそう願っても、真子と佐知はアルバイト中なのだから海になど行けるはずがなかった。

　夕方の四時を回ったところだった。この時間にしては店内は混み合っていた。皆、外界の灼熱地獄から避難してきたのだろう。海に行きたいという佐知の気持ちもわからなくはない。夕方だというのに真っ赤な太陽が容赦なく輝きを放っている。スタッフルームから店舗までのわずかな距離を歩いただけで、真子の背中にも鋭さを秘めた真夏の光が矢のように突き刺さってきた。これが最後のチャンスとばかりに入道雲が現れ、夏らしい風景を作り出している。

「もう夕方なのに何でこんなに暑いのよ。海行きたいよお」

　佐知は両腕をだらしなくぶらつかせて、猫背で歩いてきた。

「佐知、お客さんが見てるよ。そんな格好してたら、また怒られちゃうよ」

　真子は慌てて注意した。しかし佐知は気にする様子を見せずに、けだるそうにしている。

「だめだ、暑すぎる。アタシ暑いの苦手なんだよね。もっと冷房きかせてくるわ」

　佐知は空調の温度設定ボタンがある、レジ横のスペースに向かっていった。ホールの室温設定は時間帯で決められていてマネージャーが管理しているのだが、佐知にはそんな事情は関係ないらしい。

佐知は本当に自由だなあ。

そんな佐知を見て、真子はまた羨ましく思った。昨日の勉強会で佐知の新たな一面を知ることができたし、そしてなんだかんだ言いつつも最終的にはしっかりやる子だとわかっていたので、佐知には好感が持てた。昨日だって文句を言いながらも、佐知は夏休みの宿題を完成させた。

本当はいい子なんだから、もう少し真面目に振る舞えば、みんなからも誤解されないで済むのになあ。

空調の温度調節を終えた佐知は、レジの陰にしゃがみ込んで〝自主休憩〟をとっている。目は虚ろ、口は半開き。魂が抜けたように虚空を見つめている佐知を見ていると、羨ましさを通り越して感心させられてしまう。

すると、男性客四人組が入口に姿を現した。レジの近くでくつろいでいる佐知は当然気付いたはずなのに、しゃがみ込んだまま動こうとしない。いくらなんでも、その態度はまずいだろう。

真子はすぐにメニューを持って挨拶に向かった。一刻も早く、客を佐知から遠ざけたい。真子は「いらっしゃいませ」と声を掛け、人数と喫煙、禁煙席の確認をして案内した。真子は男たちの先頭に立って歩いていると、真子は背中の辺りに嫌な種類の視線を感じた。

またた。絶対またそうだ。

もう慣れていた。アルバイトを始めたばかりの頃は、あまりに頻繁にそういうことが起こるので驚きと戸惑いを感じたが、最近は敏感に反応することはなくなった。しかし慣れたとはいえ、あまり感じのいいものではない。

二〇代前半くらいの男性たちを席に着かせてメニューを渡すと、案の定その種の視線を感じた。男たちは品定めするようないやらしい目つきで真子の体を見つめている。真子は一礼して足早に引き上げた。

心が憂鬱に染まり、不快感がこみ上げてくる。しかし顔には微塵も毒気を反映させないように努めた。

水を出すのと注文取りは佐知にやってもらおうと思ったが、こんな時に限って佐知は他のテーブルの注文を取っていた。

私が行くしかないか、気乗りしないけど。

いつものお決まりのパターンになるのは目に見えていたが、真子は四人分の水をトレーに載せて男性客のテーブルに向かった。グラスをテーブルに置いていると、男たちはすでに注文が決まっているらしく、次々と商品名を告げてきた。女性客に比べて注文が決まるのは早いのでこのあたりは助かるのだが、やはりお決まりの状況はやってきた。三人の注文を取り終えると、最後の四人目は薄笑いを浮かべながら、好奇心のこもった目で見つめてきた。男性客からの、このようなぶしつけな視線には不快感しか感じない。

「俺はお姉さんが欲しいな」

連れの男たちは爆笑していたが、真子は少しも笑えなかった。このアルバイトを始めてからこの台詞を何度聞いたことか。こんなものは、オヤジギャグ以下の最低のジョークでしかない。真子は心の中で溜息をついた。

「ご注文をお願いします」

困惑顔を見せるわけにもいかないので、真子は努めて笑顔を作って聞いた。争いごとを避けて生きてきたために、作り笑顔には慣れている。

「携帯の番号を教えてくれたら注文してあげる」

うまいことを言ったとばかりに、その男は満足げな笑みを浮かべている。連れたちが笑うものだから調子に乗るのだ。ところがこれもしょっちゅう言われるので、おもしろくも何ともない。ただ迷惑なだけだ。

「メールアドレスでもいいよ。今度遊びに行こうよ」

大体この辺りで他の男が口を挟んでくる。あまりにも典型的な状況なのだが、どう対処してよいものかいつも悩む。

ふと、佐知の言葉を思い出した。相手が不快に思うことをしないと、何度でもしつこくされると彼女は言っていた。確かにその通りだとは思うのだが、自分にはとてもできそうにない。それにこの場の相手は客だ。失礼があれば、片桐をはじめとして多くの人に迷惑を掛けてしまう。

「以上でよろしいでしょうか？」

対処ができないのなら逃げるしかない。真子は作り笑顔のまま事務的な応対に徹し、引き上げようとした。

「冷たいなあ。少しは相手にしてくれよ。今日ここ何時に上がるの？　一緒に遊ぼうよ。何ならお姉さんの友達も呼んでさあ」

「ていうか、めっちゃ俺のタイプなんだよね。清楚で控えめな感じが最高。マジで電話番号教えてよ」

ここまでしつこくされると、困惑を通り越してうんざりしてしまう。これ以上こんな攻撃をされたら、不快感を顔に出してしまうかもしれない。だから真子は相手にせずに引き返そうとした。すると、真子の横に颯爽と人影が現れた。

「お客様申し訳ございません。従業員も困っておりますので、ご注文の方をお願い致します」

片桐は低姿勢で男たちに頭を下げた。男たちは少し戸惑いながらも、きちんと注文をしてくれた。

真子は厨房にオーダーを通しながら首を傾げた。眉間に皺が寄り、額が引きつる。今は片桐に助けられた形になったわけだが、どうも理解できない。あの手の悪ふざけをしてくる客たちは、店長や男性マネージャーに介入されると大抵おとなしくなる。それはわかっているのだが、基本的には介入しないのだ。客にとってもあまりいい気分はしないだろうし、女子アルバイトが客からナンパされることなんて日常茶飯事なのだから、その都度店長が介入していたら口うるさい店として有名になってしまう。だから女子アルバイトは自分の責任において、上手にかわすというのが暗黙のルールになっている。真子にとってはその〝上手にかわす〟ということが、何よりも難しいことであったが。

見て見ぬ振りをするマネージャーが多いというのに、なぜ片桐は助けてくれたのだろうか。真子は眉間に指を当て、考えを巡らせたが、疑問は解決しなかった。しかし厄介な客から解放してもらったので、それについてはありがたく思うことにした。

その後は特別な問題も起こらず、午後六時を過ぎても店は混む気配を見せなかったので、今日はこのまま何事もなく上がれるだろうと思っていた。この時間になっても日は暮れず、外を眺めるだけで暑さを感じるような気候だったので、できることならばすぐにでも帰宅したい気分だった。

真子が空いた皿を下げていると、一人の女性客が緊張した面持ちで小走りに近寄ってきた。四〇歳くらいの、短い髪を赤茶色に染めた女性だった。

「すぐにトイレに行って。大変よ」

女性はそれだけ告げると自分の席に戻り、伝票を摑んでレジの方へ向かっていった。一刻も早く帰りたいといった感じだ。真子は皿を厨房に運ぶとすぐに化粧室に行った。客に指示されたことを無視するわけにはいかなかったし、三〇分に一回の化粧室チェックの時間でもあったからちょうどいい。

化粧室は男性と女性とでそれぞれ一つずつ個室が用意されている。女性用の扉をノックすると返事もなく、鍵も掛かっていなかったのでそのまま押し開けた。

「きゃあ！」

口から勝手に言葉が飛び出し、真子は反射的に扉を閉めた。一つ息をついてから、もう一度開けてみる。個室内の床は水浸しだった。入口が段差になっているためかろうじて外には流れ出ていなかったが、便器からは今もなお水が溢れ出ている。

真子が扉を開けたことによって、少しずつ水が外に流れ出してきた。真子はすぐに扉を閉めてホールへ走った。真子の腕には鳥肌が立っていた。予期せぬ出来事に直面し、焦燥に駆られる。真子は、顔から血の気が引くのを感じた。

幸い片桐は手が空いているようだったので、真子は事情を告げた。つい焦ってしまって呂律が回らずうまく伝えられたか不安だったが、片桐は状況を理解してくれたらしい。彼の顔は引きつり、黒目の周りにぐるりと白い部分が見えた。面食らっているようだ。

「そ、それじゃあ、塩出さんはモップを、大柳さんは雑巾を持ってきて」

片桐は困惑顔のまま、近くで暇そうにしていた佐知にも声を掛け、先に化粧室へ向かっていった。

「何、どうしたの？」

佐知は目を輝かせて聞いてきた。緊急事態の雰囲気を感じて好奇心をそそられたようだ。

「女子トイレが、女子トイレがすごく大変で、それで……」

動揺してしまい、視線が宙をさまよい、声は震えていた。真子は、状況をまともに伝えることができなかった。それでも佐知は察してくれたようなので、真子は掃除用具の入れられたロッカーを開け、トイレ用のモップを手にした。ホール用のモップは使うわけにはいかないと思ったが、急を要することなのでそれも持っていくことにした。厨房の男子アルバイトたちが何事かと尋ねてきたが、話してもまともに言葉が出てきそうになかったので、真子は一礼をして化粧室へ向かった。

化粧室はさきほどよりも酷い有り様になっていた。片桐はスラックスの裾を捲《まく》り上げ、水溜まりとなった個室に入っている。こちらを向いた片桐は戸惑いがちに視線を泳がせ、額に汗を滲ませていた。

「だめだ、便器が詰まっちゃってるよ」

苛立ちと焦りが入り交じったような声。片桐はこの事態の元凶を突き止めたらしいが、状況は悪くなる一方だった。便器から溢れ出た水にはトイレットペーパーの片鱗や、茶色いものも浮いている。それが何であるかを理解してしまうと近寄れなくなってしまうので、真子は考えないことにした。

「塩出さんは、外に出た水をモップで拭き取って」

真子は片桐の指示を受けて、溢れ出た水にモップをかけ始めた。しかし水は勢いを増して流れ出してくるのできりがない。諦めの気持ちが湧いてくる。

女子トイレが詰まるのは珍しいことではない。トイレ掃除はホールの人間の担当だったので、ここまで酷くはないが何度もその状況を目にしている。女子トイレは男子トイレよりもはるかに汚いし、すぐに詰まってしまう。正確に言えば、客が詰まらせてしまうのだが。良識のない女性客は様々なものを平気で便器に流す。タバコの吸い殻やガム程度ならかわいいものなのだが、使用後の生理用品を流す人がいるのだ。もちろん汚物入れは用意してあるのだが、それを使わず便器に流す人が大勢いる。真子も女性であるから女性心理としてわからなくはないのだが、その結果として起こることのような状況を処理する方の身にもなって欲しい。

「店長、アタシは何するの？」

大量の雑巾を抱えて佐知がやってきた。

「大柳さんは中に来て。それから塩出さんはホールに戻っていいよ。ホールに人がいなくなるのはまずいから」

片桐はこんな状況だというのに笑顔を見せた。しかしよく見ると、口の端が引きつっている。一生懸命笑顔を作っているといった感じだ。

「じゃあアタシと店長の二人で処理するの？　やだよ、こんなの」

佐知はあからさまに不満を口にした。この不平は当然だ。

「ホールには他の人もいますから、私も手伝います」

真子は気がひけて、とてもホールに戻る気にはなれなかった。今もなお便器から溢れ出る大量の水を目にした真子は、佐知の様子を窺った。真子が手伝うと申し出たことで、彼女は安心したような笑顔を見せた。

「いいから塩出さんは戻って。こんなことしなくていいから」

片桐は先ほどよりも大袈裟な笑顔を見せた。

「それ差別だよお。アタシだってこんなことしたくないよお」

どこにでもいる女子高生の喋り方。声は高いが、けだるく怠惰な感じ。佐知は派手に足踏みをして訴えた。足下の水がピチャピチャと音を立てて跳ね上がっている。

「給料もらってるんだから、言われた通りに仕事しろよ」

だだをこねる佐知を、片桐は叱りつけた。真子に見せた笑顔は消え、眉間に皺を刻み、口の端を歪めている。佐知は怯えと諦めが入り交じったような複雑な表情を浮かべていた。

「ほら、早く塩出さんはホールに戻って」

真子は釈然としなかったが、片桐の指示に従ってホールへ戻った。ホールは相変わらず暇で、女子アルバイトが呆然と立ち尽くしていた。

店長どうしちゃったんだろう？　こういうのは佐知に対して申し訳ないし、あまりいい気はしないよ。私だけ特別扱いされてるようにも思えるし、何か変だよ。

胸の内に大量の鉛を詰め込まれたかのように、心が重たく感じられた。片桐の言動、行動に不穏なものを感じる。

真子は洗面所に向かい、蛇口を思いっきり捻った。飛び散る水しぶきも気にせず、真子はいつまでも手を洗っていた。

8

深夜の一二時を過ぎると、厨房は営業中とは違った意味で活気づく。ホールに残っている客に退店を願うため、客のことを気にせず片付け作業ができるからだ。

「おいおい、もう少し静かにやってくれよ。いくらなんでもうるさすぎるぞ。それに備品は丁寧に扱ってくれよ」

洗い終わったバスケットを乱雑に元の位置に戻す男子アルバイトに、片桐は顔をしかめながら注意した。

こううるさくちゃ、気が散って仕事になりゃしない。五明は何を教えてるんだよ。

「しょうがないですよ。今日からの新人アルバイトが洗い物をしてるんですから、こっちが急がないといつまでたっても終わらないですよ」

五明が片桐の元に歩み寄りながら言った。澄まし顔で、ラストオーダー間際に作り間違えたポテトフライを摘んでいる。

「俺の前で堂々と食うのはよしてくれ。いつもいつも黙認するわけにはいかないぞ。

それにおまえは新人アルバイトのトレーニングで今日は入ってるんだろ？　ちゃんと仕事しろよ」

「洗い物なんて教えることないですから。何なら店長のお手伝いをしますよ」

五明は平然とポテトフライを食べ続けていた。片桐の注意など受け入れるつもりはないらしい。

いい度胸っていうか、何ていうか。他の奴だったら怒鳴りつけてやるところだけど、こいつには何かと世話になってるしな。ここは大目に見てやるか。

片桐は苦笑しながら仕事に戻った。片桐はインベントリーと呼ばれる食材の在庫チェックをしているところだった。電子手帳のような機械に各食材ごとの在庫数を入力し、今日一日に売り上げた商品に対して食材が適切な数量使われたか、ロスがあるならどれくらいか、そして今後の発注をどうすべきか、それらを計算する仕事である。この徹底した在庫管理のおかげで、従業員は勝手に自分の好きな商品を作って食べることもできないし、食材を持ち帰ることもできない。これは従業員の不正を防止するためのシステムでもあるのだ。

「おかしいな。また数が合わないぞ」

片桐は舌打ちをして苛立ちを表した。傍らで男子アルバイトが生ゴミをまとめている。鼻腔を刺す刺激が、妙に神経に障る。

「夏休みは新人アルバイトが多いですから、オーダーミスのせいじゃないですか？　おかげで俺は助かってますけど」

　今度は鶏の唐揚げを頬張っている五明が言った。その顔は満足げで、夜食感覚でつまみ食いを楽しんでいるようだ。

「そうならないように指導するのが、おまえの役目じゃないのか？」

　片桐は五明の手に握られた唐揚げの皿を奪い取った。大目に見るとはいっても、いくら何でも調子に乗りすぎだ。

「そんなに目くじら立てないでくださいよ。それより店長、例の件はうまくやってるみたいじゃないですか。いろいろ聞いてますよ。昨日も何かあったみたいですね。女子トイレの水漏れでしたっけ？　それで真子にはそんな厄介な仕事はさせなかったらしいですね。佐知がぶつぶつ文句言ってたって噂になってますけど。でも女は特別扱いされるのを喜びますからね。店長もなかなかやりますね」

　五明は馴れ馴れしく片桐の背中を叩いてきた。それにしても、彼の地獄耳には驚かされる。親しくしているアルバイト仲間が多いせいか、五明はどこからともなく店内の情報を入手している。しかしこの件は知られて困ることではない。むしろ彼に聞いてもらいたい。

「俺の方はそこそこ順調だよ。そういうおまえの方はどうなんだよ？　この前の金持ちの女性客とはいい感じなのか?」

「昨日、一緒に買い物に行って、欲しかったものをいろいろ買ってもらいました。あの女は掘り出し物です。だからもう少し付き合って、もっと高価なものを買ってもらおうかと思ってます。俺、車が欲しいんですよね」

五明は表情ひとつ変えずにさらりと言いのけたが、その目つきには実業家のような鋭さがあった。

「あと、一人暮らしもしたいんですよね。だから今のところの最終目標はマンションを貢がせることですね。さすがにこれは、そう簡単にはいかないでしょうけど。でも将来的には女に養ってもらって生きていくつもりだし、そのための練習ってやつですかね」

五明はいかにも楽しそうに、肩を震わせて笑っている。

こいつはたいした奴だよ。この歳でここまで割り切って女と付き合えるとはなあ。

片桐は呆れながら感心した。ついつい羨望の眼差しで見つめてしまう。

厨房は先ほどよりも慌ただしさを増していた。新人アルバイトの洗い物があまりに遅いために、他の男子アルバイトが大声で煽っていた。

そろそろメールを入れる時間だ。早く切り上げないと。

片桐は腕時計を見やり、仕事のペースを上げた。一日に四回、朝昼晩と深夜に、真子にメールを入れることにしている。定期的に連絡を取らないと落ち着かない。

さっき入れたメールの返事もまだ来てないじゃんか。何かあったのかなあ。すぐに次のメールを入れないと。

焦燥感《しょうそうかん》に似た不快な感覚が、片桐を急き立てる。いても立ってもいられない気分だ。

片桐は冷蔵庫の奥から食材を乱暴に取り出して数量を確認した。

「くそっ、野菜もかよ。何で数が合わないんだよ！」

片桐の怒鳴り声が響くと同時に、厨房内は一瞬にして静寂に包まれた。その声があまりに迫力に満ちていたからだろう。

「数え間違えたんじゃないですか？　そんなに合わないわけがないでしょう」

五明が薄笑みを浮かべて近づいてきたので、片桐は奥歯を噛みしめて睨みつけた。

昨日今日に始めた仕事ではないし、店の長たる自分がそんなミスをするはずがないという自信がある。睨まれた五明の顔からは笑みが消えていた。

「ハンバーグやエビフライのような冷凍食品も数が合わないし、野菜もだ。どうなってんだよ、この店は」

片桐は冷蔵庫の扉を思いっきり殴りつけた。その鈍い音は静かな厨房に響き渡り、しばらく余韻を残していた。

「冷夏で野菜の値段が上がってますからね。ロスは痛いですよね」

男子アルバイトの一人が気まずい静寂に耐えかねたのか、そんな話を切り出した。

「そういう問題じゃないんだ。数が合わないこと自体が問題なんだよ。それに野菜の市場価格が高騰しても、店舗の仕入れ値は変わらないんだ。そうですよね、店長？」

男子アルバイトの発言に言葉を返したのは五明だった。これ以上火に油を注がないように、場の空気を読んだのだろう。五明はこういうところでも非常に機転が利く。

野菜なんてこの場で食えるもんじゃないし、誰かが持ち帰ってるとしか思えないな。ふざけやがって。

片桐は異様にむしゃくしゃした。血が音を立てて全身を駆け巡り、今にも噴き出しそうだった。

「店長、あのう……」

体格のいい男子アルバイトのひとりが、大きな背中を丸めて怯えた顔をしてやってきた。片桐が睨みつけると、彼はびくりと体を震わせてあとずさった。

「報告をする時は堂々としろ。何だよ、その情けない態度は」

片桐が努めて凄味のある声で叱りつけると、彼は体を硬直させ、直立の姿勢で喋り出した。

「すみません。あ、あのう、お皿を割ってしまって……」

彼はうつむいたままそう言い、片桐の顔を見ようとしない。

こっちは食材のロスで頭を痛めてるっていうのに、備品もかよ。いい加減にしてくれよ。本社から叩かれるのは俺なんだぞ。

「ふざけるな！　おまえのバイト代から差し引くぞ！」

片桐は感情を一気に爆発させた。目眩《めまい》と耳鳴りがして、目の前が真っ暗になった。何もかもが嫌になった。片桐の発言に腹を立てたのか激しい足音が遠ざかっていく。目を開けると、この場から離れていく男子アルバイトの後ろ姿が映った。最近の若者は我慢を知らないから困る。辺りを見回すとアルバイトたちが呆然と立ち尽くしている。

片桐はひとつ舌打ちをしてから、左腕に巻かれた時計に目を落とした。感情が高ぶるあまり、左腕が小刻みに痙攣《けいれん》している。

くそっ、予定の時間を過ぎてるじゃねえか。

時刻を知ったことによって、再び怒りがこみ上げてきた。自分の荒い息づかいが、耳の奥に反響する。

「店長、俺がインベントリーをしておきますから、先に上がってもいいですよ」

五明が片桐の背中を押してきたので、片桐は従業員出入口を通って外に出た。おそらく彼は大体の事情を察してくれているのだろう。片桐はそんな五明の気遣いに甘えることにした。やはり彼がいてくれると、何かと助かる。

片桐は駆け込むようにしてスタッフルームに入り、携帯電話を操作した。やはり今日入れた何件かのメールに対しての返事は届いていなかった。風邪でもひいて寝込んでいるのかもしれない。不安ばかりが積もっていく。

片桐は、真子の体調を気遣うメールを作って送信した。そしてスタッフルームの窓を開け、携帯電話を窓際に置いた。その方が確実に受信できる気がした。

お願いだよ、早く返事をくれ、このままじゃ頭がおかしくなりそうだよ。

下着が汗でぐっしょりと濡れている。口の中がカラカラで、悪寒と頭痛を感じていた。

五分待っても返信はなかった。その間に三回ほど〝センター問い合わせ〟をしてみたが、やはりメールは入っていなかった。

やっぱり寝込んでるんだ。そうだ。きっとそうだ。だからメールが打てないんだ。こうしちゃいられない。

片桐は携帯電話の液晶画面に、真子の電話番号を表示させた。直接話をして元気づけてやろうと思った。

直後に、握りしめている携帯電話がメール受信音を奏でた。真子からだった。急いでメールを開けてみると、元気だから心配ないという内容だった。

よかった……。

片桐は安堵した。胸の内にうごめいていた黒いもやが一気に消え去った。苛立ちも感じなくなっていた。それどころか、小躍りしたい衝動に駆られた。〝おやすみ〟と就寝の挨拶を返して、片桐は再び店舗に向かった。心なしか足取りが軽く感じられた。風船のように、体が浮き上がっていくように感じた。

「お疲れさま！　みんなちゃんとやってるかあ？」

さっきまでとはうってかわって片桐は自然とこぼれる笑顔を振りまき、明るい声を張り上げて店に入った。するとアルバイトたちは目を丸くして、片桐を見つめてきた。

「洗い物は終わってるし、よくやってるじゃんか。よし、なかなかきれいに洗えてるぞ。じゃあみんな、もう上がろう。夜遅いから気を付けて帰るんだぞ。あっ、そうだ。おい五明、オーダーミスの料理が残ってたよなあ？　みんなで食べていいぞ」

五明は怪訝そうに眉を寄せ、こちらに近付いてきた。

「店長、ちょっと」

五明は強引に片桐の腕を取り、すでに消灯されたホールへ連れていった。

「店長、なんかおかしいですよ。真子と何かあったんですか？　うまくいってないんですか？　だったらあんまり深追いしないで、手を引いた方がいいですよ」

他のアルバイトたちの存在を気にしてか、五明は片桐の耳元で囁くように言った。

「彼女とはうまくいってるよ。心配するな。それよりほら、他のバイトたちと飯を食ってこいよ」

五明は首を傾げながら、厨房に戻っていった。

片桐は、自分がまだまだ子供だと自覚した。メールひとつでこんなに喜ぶことができるだなんて、思ってもみなかった。ストレスだらけの毎日に、明るい光が射し込んできた、そんな感じだ。単純に楽しもうと思う。この高揚を大切にしたい。

「じゃあ、俺は先に帰るな」

片桐は誰にというわけでもなく、大声でそう言って店を出た。体が熱かった。五臓六腑が発熱しているかのようだ。

空を見上げると、星々が惜しみなく輝きを放っていた。それはまるで片桐のためだけに輝いてくれているかのように見えた。

9

真子は足早に帰路についていた。店から家までは歩いてもたいした距離ではなかったが、閑静な住宅地を通るため、街灯の類も少なく薄暗い。

今日は早く寝よう。新学期早々、遅刻するわけにもいかないし。

真子はトートバッグから携帯電話を取り出して時間を確認した。午後八時一五分を告げるデジタル文字が見えたが、真子は他の箇所に気を取られた。

また増えてる……。

肩の辺りで湧き起こった悪寒が、背筋を伝って下へ這い下り、冷たい汗が噴き出してくる。携帯電話を握る指が、小刻みに震えていた。

受信した未読メールの数が一〇件を超えている。八時にアルバイトを終え、その時にも確認したが七件だったはずだ。このわずか十数分の間に三件も増えたことになる。真子はそれらのメールを開かずに削除した。内容はわかっていた。〝バイトお疲れさま〟というような類だろう。メールは二時間か三時間に一件のペースで入ってくる。しかも、即座に返信しないと、すぐに次のメールが届く。だからこのまま返信しなければ、同じ種類のメールがずっと入り続けるだろう。しかし今はとにかく、一刻も早く自宅に辿り着きたい気分だった。

夕方まで降り続いた雨のせいか、肌寒い夜だった。真子はワンピースの上にカーディガンを羽織っていたが、それでも風を受けると寒さを感じる。結局今年の夏は異常気象のまま終わってしまいそうだ。

真子は歩を進めながら、今年の夏を振り返った。一般的に見れば、真面目な生活を送った方だと思う。アルバイトをしながら、しっかりと勉強もした。夏休みの宿題は七月中に終わらせ、その後は自主的に一学期の復習と二学期の予習に取り組んだ。さらには佐知の宿題まで面倒を見てあげた。

学校が始まれば、アルバイトは週二回のペースになる。さらに九月には定期試験があるので、しばらくはその勉強のためにアルバイトを休むことになる。

時間をおけば大丈夫。こんなこともきっとなくなる。

そう自分に言い聞かせ、全身に力を込める。真子は歩くスピードをさらに速めた。ほとんど駆け足に近い状態だった。焦れば焦るほど足がもつれ、動かなくなる。地を蹴る衝撃がスニーカーの底を通り抜けて、踵を痛めつける。天敵から逃げる兎は、きっとこんな気持ちなのだろう。

民家と民家の間の小道に入ると、窓から漏れる部屋の明かりしか頼れるものがない。一方通行ではないが、車がすれ違うことのできない狭い道だ。普段でも夜にこの辺りを歩くのは怖いというのに、不安を抱えている最近はその恐怖が何倍にも感じられる。

突然、眩い閃光が視界の端を射した。反射的に振り返ると、丸い強烈な光が二本迫ってくる。同時にエンジン音も聞こえたので、その光が車のヘッドライトだとわかった。

真子は民家の壁にへばりつくようにして車をよけた。しかしその車は通り過ぎることはなく、真子の傍らで停車した。恐る恐る見つめてみると、グレーのRV車が止まっていた。

この車……。

見覚えのある車が目に映った直後に、聞き覚えのある声が響いた。心臓の鼓動が聞こえ、動脈を流れる血の圧迫を感じる。

「塩出さん、バイトの帰り？」

運転席から出てきたのは片桐だった。片手を上げて溌剌とした笑顔を見せ、彼は歩み寄ってくる。仕事が休みのためか、ポロシャツにチノパンといったカジュアルな服装だ。いつものブレザーとスラックスという服装以上に若々しく見えるが、今はそんなことはどうでもよかった。

耳元に伝わる冷気に、うなじの辺りがぞくぞくする。

「たまたま通りかかったら、塩出さんぽい女の子が歩いてたから」

片桐は真子の正面に立ちふさがった。その顔は満足げで、花の匂いを嗅ぐように鼻腔を広げている。

真子は嫌悪感しか感じなかった。怖さというよりも気持ちが悪かった。この辺りの住人でもない片桐が、こんな閑静な住宅地の一角をたまたま通りかかるわけがない。

真子の胸では、早鐘のような鼓動が鳴り続けている。ふいに左手の指に痛みを感じた。

親指の爪を強く噛みすぎた自分に気付く。

「夜道は危ないから送るよ。ほら、乗って」

片桐は助手席のドアを開けて、真子に乗るように促した。欧米人のように大袈裟な動作で、片手を広げている。

「お気持ちは嬉しいんですけど、私の家はすぐそこですから」

真子は夢遊病者のように二、三歩あとずさり、努めて当たり障りのない断り方をした。肩から小刻みに痙攣が伝わって、抑えようとしても指先の震えを止めることができない。こめかみの辺りを一筋の汗が通り過ぎる冷たい感触を覚えた。

「遠慮することないって。さあ早く乗って」

真子の遠回しな拒絶は、片桐にまったく伝わっていないようだった。真子はもどかしさと恐怖が入り交じった、奇怪な感覚に支配された。

「私は本当に大丈夫ですから。あっ、じゃあ佐知を送ってあげてください。彼女もそろそろ上がる時間だし、佐知は私と違って家も遠いですから。明日から二学期だし、早く家に帰りたいと思います。きっと喜びますよ」

佐知に申し訳ないとは思ったが、とにかくこの場を何とか乗り切りたかった。

「あいつは電車だから大丈夫だよ。さあ早く」

片桐の口調に威圧的な響きが宿った。佐知のことを〝あいつ〟と呼び、まるで関心がないような言い方をした。歯ぎしりをして口角に泡を作っている。片桐の細められた目の中では、黒目が絶えず小刻みに左右に振れ続けている。なかなか言う通りにしない真子に対して、苛立ちを感じているようだ。

ぞくっとする寒気が、真子の背を駆け抜けた。異論や異議を唱えられる空気ではない。

私はどうすればいいの……。誰か助けて。

スニーカーを履いていたから走って逃げることもできたし、大声を出せば近所の人たちが顔を覗かせてくれるだろう。しかしそんなことをしたら片桐との今後の関係が気まずくなってしまう。アルバイトなんか辞めてしまえばいい、そんな考えも浮かんだが、できればそれはしたくない。そんな解決法だけは取りたくなかった。真子はこの仕事が好きだったし、佐知というウマの合う友人と一緒に働くことはこの上なく楽しいことだった。それに百恵のような頼れる姉御肌の先輩もいる。

そうだ、また百恵さんに相談しよう。百恵さんならきっとまた、いいアドバイスをしてくれる。

「……じゃあ、お言葉に甘えさせてもらいます」

真子はうつむき加減にそう言うと、ゆっくりと助手席に乗り込んだ。とりあえず百恵に相談するまでは、片桐とは良好な関係を維持しておこうと思った。

真子が助手席に腰を沈めると、片桐は満足そうに微笑みながらドアを閉めた。そして運転席に乗り込んだ片桐は「出発進行！」と子供のような声を張り上げた。

「色々と心配してくださるのは嬉しいんですけど、私はもう、五明さんのことは何とも思ってませんし、自分の中で整理がつきましたから大丈夫です。だから電話やメールはもう……」

車が走り出すとすぐに、真子はその話を切り出した。長々と世間話をされても困るし、それならば思っていることを告げた方がいいのではないかと考えた。

ありったけの勇気をかき集めて発言したのだが、片桐は何も答えなかった。口笛を吹きながら楽しそうにハンドルを操作している。その表情は、まるで蠟《ろう》人形のように笑ったまま固定されていた。

「ああ残念、もう着いちゃったよ」

片桐は真子の家の前で車を止めた。真子は安堵と嫌悪感が同時にこみ上げ、吐き気を催した。ハンカチで口元を押さえ、胸をさすって何とか嘔吐は堪えたが、口の中には胃液の酸味が広がっていた。涙腺が刺激され、涙がこぼれ落ちそうになった。

きちんと家に送り届けてくれたという安心感よりも、恐怖心が次第に大きくなっていった。真子の胸には、黒い霧が立ちこめるような重苦しさがあった。

何で私の家を知ってるの？　この前だって、家まで送ってもらったわけじゃないし……。

真子は自宅までの道のりを一言も説明しなかった。片桐は店長だからアルバイトの履歴書は自由に閲覧できるので、住所を知っていても不思議ではない。しかし真子の自宅周辺は区画整理がなされていないこともあって、番地を確認したくらいでは辿り着くことはできない。引っ越してきたばかりの人が、自分の家がわからなくなったという笑えない話も時々耳にする土地なのだ。一度、いや、もしかしたら片桐は何度か来たことがあるのかもしれない。

真子は全身から発汗する嫌な感覚にとらわれた。脳から体に危険信号が送られ、全身が硬直する。真子は素早くシートベルトを外した。

「今度一緒に遊びに行こうよ。学校が終わってからでもいいから」

真子がドアに手を掛けると同時に、片桐が体を向けてきた。真子はすかさず身を引いた。体中に細かい汗の粒が浮いているのがわかる。まるで氷水の風呂に浸かっているかのように、全身が痛いほど固まっている。

「大勢で休むと、お店が大変ですから」

片桐の発言の意味はわかっていたが、とにかくかわすことだけを考えた。上手な断り方でないこともわかっていたが、何でもいいから断っておこうと思った。

「大勢じゃなくて、二人で行くんだよ」

片桐の言葉に力が入った。口調は穏やかだが、その目には断固たる決心の光が宿っている。

「で、でも私、まだ夏休みの宿題が終わってないんですよ。明日から学校が始まっちゃうのに、だめな子ですよね。それにすぐテストがあるので、勉強もしなくちゃいけないから……。親が心配するから帰ります。送って頂いてありがとうございました」

真子は逃げ出すように車から降りた。本来ならば車が走り出すのを見送るのが礼儀なのだろうが、真子は猛スピードで玄関に駆け込んだ。玄関の扉に鍵を掛け、靴も脱がずにその場にうずくまった。鼓動が異様に速くなり、息が乱れた。全身が痙攣している。再び腹部に急激な収束感を感じた。胃が痛くなるほどに縮み上がる。今度は本当に嘔吐してしまった。口元にハンカチを当てる余裕もなかった。

家の外から車が走り出す音が聞こえてきた。それで少しだけ、真子は気持ちを落ち着かせることができた。

10

九月に入り一週間が経過した。夏を感じることのないまま秋が到来するものだとばかり思っていたのだが、蒸し暑い日が続いている。

真子は駅からの帰り道を、自転車に乗って自宅を目指していた。二六インチの何の変哲もない水色の自転車。ギアがついていないため、坂道を走る際は立ちこぎになってしまう。真子は額に汗が滲むのを感じながら、必死にペダルを回転させた。駅から自宅までは自転車ならば八分ほどなのだが、今日はもう一〇分以上ペダルをこぎ続けている。最短距離を走るためには〈アスターシャ新百合ヶ丘店〉の前を通らなければならない。それを避けるために、わざわざ遠回りをしていた。

向かい風に身をあてながら、真子は片手で額の汗を拭った。夕方五時を過ぎているというのに、辺りは暗くなる気配を見せないし、蒸し暑さも衰えようとしない。本来ならばそよ風を堪能できる時刻のはずなのだが、ふんだんに湿気を含んだ生暖かい風が肌にまとわりついてくる。

何なのよ、この気候は。ただでさえ気持ちが落ち着かないのに、余計にイライラしちゃうよ。

真子は顔をしかめ、一瞬だけ目を閉じた。しかしそんなことをしたところで現実は何も変わらない。セーラー服が背中に貼りつく不快なべとつき感もそのままだったし、膝上五センチの長すぎるスカートも太ももにからみついて気持ちが悪かった。ハイソックスとローファーを脱ぎ捨てて、裸足でペダルをこぎたい衝動に駆られたが、実際にそんなことはできやしない。

ちょうどその時、自転車の前かごに入れた通学鞄の中から音楽が聞こえてきた。携帯電話がメールを受信した音だ。嫌悪感と恐怖、そして怒りが同時にこみ上げてくる。真子は自分の顔がどろりと歪むのを感じた。

この一週間、真子はアルバイトをしていない。九月の中旬に定期試験があるので元々休みを取っていたのだが、仮にこれがなかったとしても適当な理由を作って休みをもらっていたことだろう。

片桐からのメールや電話による攻撃は相変わらずだった。いや、むしろ前以上に激しさを増している。真子がアルバイトに入っていないこともあるせいか、何かと心配してくるのだ。一日に一回程度なら優しい人だと思えるかもしれないが、一時間、二時間に一度のペースで連絡されてはたまらない。しかも返信をしなければ、立て続けに確認のメールが入る。そんな状況が続いたため、片桐の携帯電話と店舗の電話は着信拒否にした。メールアドレスも変えたのだが、片桐はなぜか新しいアドレスを知ってしまうのだ。連絡網があるので、アルバイトの仲間には新しいアドレスを教えなければならない。結局はその誰かから漏れているのだろう。片桐の携帯電話のアドレスからのメール受信を拒否しても、向こうがアドレスを変更するだけなので、まるでイタチごっこだった。

私はどうしたらいいの。

真子は片桐のことを考え、脱力した。坂道を上っているというのに、ペダルをこぐ足は動きを止めてしまった。太ももにもまったく力が入らない。自転車は左右によろめき、とうとうバランスを失った。真子は何とか片足をついて転倒を免れたが、もう一度自転車に乗って坂道を上る気力はなかった。

試験前だというのに、勉強にはまったく身が入らなかった。真子は勉強に対する集中力はかなりある方だと思っていたのだが、最近は机に向かっても余計なことばかり考えてしまう。

百恵さん、早く帰ってきて。もう私ひとりじゃ、どうすることもできないよ。

自転車に乗って坂道を上りながら、真子は空を見上げた。背中まで伸びた長い髪が突風にあおられて激しく乱れた。できることならばこの憂鬱な気持ちも、風に乗せて飛ばしてしまいたい。

　真子は再び百恵のことを考えた。百恵に相談すると決めたのは一週間ほど前のことだったが、あいにく彼女は広島の実家に帰省していた。深刻な話なら会って話そうと百恵が言ってくれたので、彼女が帰ってくるのを待つことにした。百恵は明後日の夕方にこちらに戻り、その日はそのまま遅番のシフトでアルバイトに入ると言っていた。だから約束は三日後に取り付けた。今はその約束の日が待ち遠しくて仕方がない。

　真子は自宅に辿り着いた。ぬるま湯に浸かった時のような安堵感がこみ上げてきて、この場に腰を下ろしてしまいたくなった。何事もなく無事に帰宅できる、そんな当たり前のことが、涙を流したくなるほど嬉しい。

　真子は気を取り直して自宅の庭に入り、自転車を止めた。

白を基調とした、木造二階建ての上品な一軒家。庭には青々とした芝生が張られ、様々な樹木が植えられている。母親が趣味でたしなんでいるガーデニングの成果が現れ、癒しの空間が演出されている。

　その庭先にグレーのＢＭＷが止まっていた。庭の一角がコンクリートの駐車スペースになっている。真子が帰宅する時間にＢＭＷが止まっていることはまずないのだが、今日は珍しく父の正孝《まさたか》の帰りが早かったらしい。真子はゆっくりと玄関に回った。足が重たい。自宅に辿り着き、情緒溢れる庭を見て、いくらかは心が落ち着いたが、根本的な問題が解決されたわけではない。心の内に溜まった靄は、簡単には晴れてくれない。

「ただいま」

真子は玄関の扉を開けると同時にそう言って、靴を脱いだ。声まで粘り気を帯びていた。

すると母の浩子《ひろこ》が、スリッパを鳴らしながら慌ててやってきた。長く滑らかな髪、透き通るような肌の白さ、そして大きな瞳と高い鼻。これらがすべて真子に遺伝したと思われる。現在四二歳であるが、髪をかき上げる仕草は色っぽく、三〇代前半で通用するだろう。

「お帰りなさい。お客様がいらしてるわよ」

浩子は優しい口調で告げた。真子と一緒に街を歩くと姉妹に間違えられるほど童顔の浩子は、妙にそわそわしていた。

「お客様って、私に？」

真子が眉を寄せて不思議がっていると、浩子は客の名前も告げずに立ち去った。

ふと、真子は足下に目を落とした。黒い革靴が二足ある。一足が父のものだとすると、もう一足は客のものということになる。そう思った瞬間、真子は走り出した。頭の中で理性が警鐘を鳴らした。最悪の光景が頭に浮かんだ。絶対にそんなことはあるはずがないと思いながらも、その可能性の高さを頭が勝手に計算している。

お願い、それだけは……。

リビングルームに入る瞬間、真子は目を閉じて願った。いきなり現実を直視するだけの勇気はない。

「真子、遅かったじゃないか」

正孝の、低い声が耳に入った。目を開けた真子は、強烈なフラッシュを眉間に浴びせられた気がして、言葉を発することができなかった。激しい頭痛に襲われ、目眩がした。倒れてしまいそうになるのを必死で堪えた。

「何やってるんですか、店長！」

ガラスの四角いテーブルを囲むソファには、向かい合うようにして二人の男が腰を下ろしていた。ネクタイを緩め、Yシャツの袖を捲り上げた正孝は、仕事から帰ったばかりだと思われる。そしてその向かいに座っていたのは、スーツ姿の片桐だった。「やあ」と片桐は片手を挙げて、笑みを見せた。この場にいることが当然とでも思っているような態度だ。

「こら真子、挨拶もなしに何だ！」

正孝は立ち上がって真子を叱りつけた。胸板が厚く肩幅が広い正孝のバリトンは迫力がある。オールバックの髪型をした彫りの深い顔、その顔が怒りに燃えている。商社に勤める彼は、いかにもやり手のビジネスマンという風格を漂わせている。

何で私が怒られてるのよ？

先ほどまで熱さで体が燃えそうだったのに、今は腕に鳥肌が立っている。あまりのことに、足が硬直したようになっている。

正孝をよく見ると、顔がほのかに赤みを帯びている。テーブルの上にはビール瓶が置かれていた。片桐の前にもビールの注がれたグラスがある。肴は浩子があり合わせの材料で作ったものらしかった。

「店長、私の質問に答えてください。何でここにいるんですか？」

真子は脈が速まるのを感じながらも、片桐に歩み寄った。怯みそうになる心を必死で励ます。ここは何としても、問いつめなければならない。

ところが片桐はまったく動じず、涼しい顔をしてビールに口をつけている。代わりに正孝が顔色を変えた。

「真子、いい加減にしなさい！　何なんだ、その態度は。店長さんに失礼じゃないか！」

一八〇センチ近い長身の正孝は、真子のことを見下ろすようにして怒鳴った。

「お父さんこそ、何なのよ。何で一緒になってお酒なんか飲んでるのよ」

真子は怯まず言い返した。ここで退いてしまったら、取り返しのつかないことになってしまいそうな気がした。そんな真子の様子を見て、正孝は動揺しているようだった。父親に口答えをする真子の姿を見たのは初めてだからだろう。

「真子、店長さんはあなたのことを心配して来てくださったのよ」

浩子は新しいビールの瓶を持ってくるところだった。どんな時でも真子の味方になってくれる浩子が、今は片桐の側についてしまっている。真子は言い知れない孤独と不安にさいなまれた。

「連絡もしないでアルバイトを休んでるそうじゃないか。店長さんの方から何度も連絡してくださったというのに、まったく連絡が取れないというのはどういうことだ？何のために携帯を持ってるんだ？　そんないい加減な子に育てた覚えはないぞ」

浩子の援護を受けて息を吹き返した正孝は、こめかみに血管を浮き上がらせている。

両親は完全に、片桐のことを信じきっていた。今ここで真子が何を言っても、相手にしてくれないのは明らかだ。

諦めと絶望の気持ちが、真子の頭の中を支配していった。繰り返される耳障りな音が、息切れする自分の吐息だとわかった。忙《せわ》しない心臓の鼓動が、耳にまで響いていた。

「では私はこれで失礼します。塩出さんの元気な姿が見られたので安心しました」

片桐は立ち上がり、正孝と浩子の方を向いて一礼した。客に接する時よりもさらに深く頭を下げ、好青年を装った笑みを見せている。片桐は破顔すると目尻から頬にかけて笑い皺が表れ、一層親しみやすい顔になる。

「塩出さん、試験が終わったらまたよろしくね。君には期待してるんだから」

片桐はにっこりと微笑み、去り際に真子の肩をポンと叩いた。片桐の手が触れた瞬間、身の毛がよだった。唇が震え、呼吸が荒々しくなるのを感じた。

正孝と浩子は、片桐を玄関先まで見送りに行ったようだ。リビングルームにひとり残された真子は体をふらつかせながら前進し、ソファに身を沈めた。頭痛に似た感覚があった。頭が重たい。思考が麻痺したかのように、何も考えられない。

「真子、失礼にもほどがあるぞ。自分勝手に仕事を休んで、人に迷惑を掛けるなんて最低だ。もう少し責任感を持ちなさい」

部屋に戻ってくるなり、正孝は説教を始めた。厳格な彼の目には、無責任な娘と映っていることだろう。真子は瞳に涙が滲むのを感じた。

「お父さんの言う通りよ。真子は素晴らしい店長さんの下で働かせてもらってるんだから、幸せに思わないとだめよ。アルバイト店員のことをここまで気にしてくださる方なんてなかなかいないわよ」

浩子も盲目的に片桐を信頼している。普段は絶対に見せない、真子のことを咎めるような視線を送ってくる。

もう限界だよ。すぐに何とかしないと、私はおかしくなっちゃうよ。

真子は頭を抱えて、きつく目を閉じた。何も見たくなかった。聞きたくもなかった。目に映るもの、耳にするもの、肌で感じるもの、すべてが怖かった。とにかく今のこの場所から逃げ出したかった。

11

片桐は腕時計に目を落とした。間もなく午前一時になるところだ。時刻を知ってしまったことで苛立ちが激しさを増す。大声で叫びたい衝動に駆られた。

厨房は蒸し暑くなり始めていた。片付けの作業を終えた男子アルバイトたちが、機械や照明の電源を落としたからだ。店内にはインベントリーをする片桐とレジ締めをしている百恵が、その業務に支障がない程度の明かりしか灯っていない。当然、冷房の電源も切られていた。光熱費の節約のためと片桐が日頃から指示していたことなので、文句を言うわけにもいかない。

自動洗浄機から出る蒸気は、電源を落としてもしばらく出続ける。厨房中に広がった高温の蒸気が、あっという間に店内の冷気を消失させた。

「お疲れさまでした」

アルバイトたちは片桐と百恵に声を掛けると、従業員出入口から退出しようとした。

「ちょっと待て。これで終わったつもりなのか？　何だよ、この汚い洗い方は」

片桐は食器を何枚か手に取って眉を顰めた。このまま皿を投げつけたい衝動に駆られたが、何とか我慢した。

「汚れが落ちてないぞ。洗い直せ！」

呆然とするアルバイトたちを怒鳴りつけ、片桐は再び自分の仕事に戻った。奥歯を強く嚙みすぎて、口の中に重たい痛みが広がった。

「店長、でもオートシンクは止めてしまいましたし、起動させるには時間が掛かりますから……」

アルバイトのひとりが困惑顔で近付いてきた。

「だったら手で洗えよ。俺が昔バイトしてた頃は、みんな手洗いだったんだぞ。ほら、ぼうっとしてないで早くやれよ」

片桐の言葉を受けると、アルバイトたちは渋々といった感じで洗い終えたはずの食器を再びシンクに運び始めた。踵を引きずるようにして、けだるそうに歩いている。

「まったく、最近の奴らは楽することしか考えられないのかよ」

片桐は冷蔵庫の中の食材を数えながら愚痴った。腹の底で、衝動が燃え上がるのを感じる。

くそっ、メールを入れる時間なのに。

片桐は頻繁に腕時計を確認した。時間はいたずらに過ぎていくというのに、片桐の仕事はいっこうにはかどらない。苛立ちだけが募っていく。

あいにく今日、五明は休みだった。片桐の理解者である彼に頼めば、代わりに仕事を引き受けてくれるだろう。さらには的確なアドバイスまでしてくれる。片桐はあらためて五明という男の存在の大きさを実感した。

「店長」

片桐の背後から声が掛かった。レジ締めをしているはずの百恵が立っていた。背筋をぴんと張り、真っ直ぐにこちらを見つめてくる。何かを訴えかけるような目。またカウンセラーごっこを始めて、苛ついている自分をたしなめようとでもいうのか。百恵のこういうところは鬱陶しい。彼女は今日、田舎から戻ったばかりだって言っていたが、何も帰った当日に働かなくてもいいじゃないか。

「何か用？」

自分でも驚くほどに低く、威圧的な声が出た。顔つきも険しくなっていたのだろう。そんな剣幕に圧倒されたのか、百恵は怯えたように体を縮ませた。上司に平然と説教をする女性の姿は、そこにはなかった。

「レジ締めが終わったので報告をしようかと」

やはり百恵は驚いているようだ。いつもより硬い口調でそう言った彼女は、あとずさるようにして片桐との距離を取った。しかしその目は、何かを窺うように片桐の顔を見据えている。

俺の心理状態でも分析してるのか？　厄介な奴だなあ。いや、この細野だけじゃない。みんなが俺の足を引っ張ろうとする。ああ、ムシャクシャする。

直後に、シンクの方から皿が割れる音がした。この仕事をしていれば、飽きるほど聞かされている音なのだが、金切り音と轟音が入り交じった激しいノイズのように聞こえた。

「もういい、おまえたちは帰れ！」

男子アルバイトたちは、逃げ出すようにして店を出ていった。

片桐は冷蔵庫の扉を乱暴に開けた。取っ手を握りしめた時、強く握りすぎて爪が手の平に食い込んだ。じんとする刺激が右手に伝わる。

ステンレス製の大きな銀色の扉を開けると、奥行きのある庫内に野菜が綺麗に並べられている。片桐はしゃがみ込み、下の段の食材から数え始めた。

いつもなら扉を開けるだけで数えられるのだが、今夜はそんな集中力はなかった。目で見て数える方が集中力を使うのだ。だから片桐は食材を摑んで横にずらしたり、場合によっては外に出して数量を数えた。すると庫内の一番奥に、しかも牛乳パックや野菜の陰に隠すようにして置いてある何かを発見した。見覚えのないものを前にして、自然と目が鋭くなるのを感じた。

片桐は手を伸ばし、半身の体勢でそれを摑んだ。引き寄せてみると、スーパーマーケットの買い物袋の中に様々な食材が詰め込まれていた。レタス、トマト、白ワイン、醬油、そして冷凍のハンバーグが解凍された状態で六パックも入っていた。

どういうことだよ？　全部俺が探してたものじゃんか。

数が足りなかった食材がいっぺんに見つかった。しかもかなり不自然な状態でだ。この状況から判断して、ある程度の推測はできる。しかしそんな推測はぶち壊したい。もしそれが事実なら、間違いなく厄介事だ。片桐は沸騰していた頭の中が、急速に冷えていくのを感じた。

「細野さん、ちょっと来て」

書類の書き込みをしていた百恵は、すぐに片桐の元へやってきた。今しがたの影響か、彼女の目には不信感のようなものが宿っている。しかし今はそんなことはどうでもいい。

「これどう思う？　インベントリーで数が足りなかった食材なんだけど」

片桐は買い物袋をそのまま百恵に手渡した。受け取った彼女は袋を広げて中身を確認している。怪訝そうに袋を覗き込んでいた彼女は、首を傾げながら顔を上げた。

「誰かが持って帰ろうとしたんじゃ……」

百恵は神妙な面持ちで答えた。声に張りがない。彼女はアルバイトマネージャーであるから、事の重大さはわかっているのだろう。これは間違いなく、関係者による窃盗だ。

「その誰かに心当たりがないかって聞いてるんだよ。まさかとは思うけど、細野さんじゃないよね？」

片桐は疑心を込めて睨みつけた。自分の目尻が引きつり、鋭く射るような目になっているのがわかる。

疑われたことに腹を立てたのか、百恵が怒りに満ちた顔をして口を開きかけた時、従業員出入口の扉が開いた。数分前にアルバイトたちを帰らせたばかりだったので、そのうちの誰かが忘れ物でも取りに来たのかと思ったが、そうではなかった。

「あれえ、今日はこんなに遅くまで残っちゃってどうしたの？」

現れたのは調理チーフの池谷だった。今日は早番シフトで夕方には上がったはずの池谷が、ランニングシャツと短パン姿で現れた。サンダルを突っかけた足はふらついていて、真っ直ぐ歩けていない。

「池谷チーフ、飲んでるんですか？」

百恵が池谷の元へ歩み寄った。池谷が酒気を帯びていない時などなかったが、今夜の池谷は普段の比ではないくらいに酔っぱらっている。顔はタコ入道のように真っ赤になっているし、両目が充血している。千鳥足のため、今にも倒れそうだ。片桐にとっては生理的に受け付けないタイプなので、話したくもなかった。酔っぱらいの相手は百恵に任せて、自分は一刻も早く仕事を片付けようと思った。願わくば店内で嘔吐したりしないで欲しい、池谷に対してはその程度のことしか思わなかった。片桐は後退し、二人との距離を取った。

「池谷チーフ、こんな時間にどうしたんですか？　忘れ物でもしたんですか？」

百恵も片桐と同じ心配をしたらしく、池谷を入口で足止めして話を始めた。百恵はこういうところでは優れた状況判断を働かせる。彼女は極度の潔癖性だから、なおさら注意深くなっているのだろう。

「そうそう、忘れ物だ。ええと、たしか、あれ、それだよ、それ！　俺が忘れたのはこいつだ。カミさんに土産を持って帰らなくちゃと思ってて、冷蔵庫に入れっぱなしにしちまったんだ」

池谷は百恵が片手に持っていた買い物袋を指さして、満足そうな笑みを浮かべている。

すかさず片桐は、池谷の元へ駆け寄った。何かが自分を突き動かす。

「池谷チーフ、これはあなたの仕業ですか？」

片桐は百恵から買い物袋をひったくるようにして奪い、池谷の顔の前にかざした。池谷の口から吐き出される息は、酸性の腐敗臭のような生臭さを感じる。片桐は鼻から息を出し、少しでも空気を鼻に入れないように努めた。

「俺のだけど何か文句あるか？　厨房の食材は全部俺が管理してるんだ。それを俺がどうしようとあんたには関係ないだろ」

池谷はまったく悪びれる様子を見せずに、買い物袋を受け取ろうと手を伸ばしてきた。片桐はその手を払いのけ、池谷のランニングシャツの胸元を掴んだ。

「あなたがしたことは窃盗という犯罪です。社則に従って、あなたを解雇します。明日からもう、来なくていいです」

片桐の顔と池谷のそれとの距離は一センチもなかった。喉元から吐き気がこみ上げてきたが、片桐は言うべきことを告げ、ランニングシャツから手を離した。

池谷の顔が見る見る青ざめていく。ふざけた嘲笑はもう見られない。片桐の発言の重みを理解し、一気に酔いが醒めたのだろう。

「冗談はよせよ。こんなのご愛敬だろ。これからはほどほどにするからよお」

池谷は顔を引きつらせて笑っていたが、その目は泣きそうだった。すがるような目をして片桐を見つめている。足もガクガクと震えている。酔いから来る震えとは、明らかに違う動きだ。

「おまえみたいなクズがいると、店が汚れるんだよ。二度と俺の前にその汚い面を見せるなよ」

片桐は目の前の酔っぱらいにそう吐き捨て、踵を返した。仕事に戻ろうと歩を進めようとした時、背中が引っ張られる感覚を覚えた。池谷が片桐のシャツの背を摑んできたのだ。

「ちょ、ちょっと待ってくれよ。俺にも家族があるんだ。息子はまだ高校生だし、これから金もかかるんだ。何も辞めさせることはないだろ？」

片桐は憐れみを請う中年男を見下ろした。池谷の目に言いようのない恐怖が広がっている。しかし今さらそんな目をされても、クズはクズにしか見えない。

片桐はまとわりつく中年男を振り払って歩き出した。

「俺がいなくなったら明日からこの店はどうなる！　すぐに代わりが来るわけじゃないだろ？　この店は終わっちまうぞ！」

これ以上何を言っても片桐が耳を貸さないと悟ったからか、池谷は捨て台詞を吐いた。

「おまえなんかいなくても大丈夫だよ。明日からはバイトだけでやらせる。やっといい店になるな。これ以上しつこくすると警察を呼ぶぞ。窃盗の現行犯で捕まりたくなかったらとっとと消えろよ！」

池谷は嗚咽を漏らした。そして獣のような遠吠えを上げながら店を出ていった。

「店長……」

百恵は蚊の鳴くような声を出した。こみ上げてくる感情に耐えているような顔をしている。こんなに情けない顔をする彼女を見たのは初めてだ。

あの男を解雇しろって、前に言ってただろ？　何でそんな顔をするんだよ？　女はこれだから困る。自分が言ったことに責任を持てよ。

片桐は行き場のない怒りが、体中に充満するのを感じた。

「レジ締めは終わったんだろ？　だったら残りのインベントリーも頼むよ」

片桐は店を出ると急いでスタッフルームへ向かった。駐車場の片隅で池谷がうずくまって嗚咽を漏らしていたが、別に気にならなかった。そんなことよりも、一刻も早く携帯電話を手にしたかった。

彼女はもう寝ちゃったかな？　あの酔っぱらいのせいでおやすみの挨拶を入れられなかったじゃねえか。

片桐は高鳴る鼓動に合わせて歩みも加速させた。池谷に対して感じた怒りや苛立ちの興奮が、いつの間にか真子のことを思う高揚に形を変えていた。この胸のときめきを、すぐにでも彼女に伝えたかった。

12

新百合ヶ丘の駅に着いたのはいつもより三〇分ほど早い、夕方の四時だった。午後の授業を終えた真子は駆け足で下北沢の駅へ向かい、急行電車に飛び乗った。普段はクラスメイト数人と社交辞令的な話をしながら駅へ向かうので、この電車に乗れたことはない。しかし今日は急がなければならない事情があった。真子の方から四時という約束を取りつけたのだから。

新百合ヶ丘の改札口を出た真子は辺りを見渡した。遅刻したわけでもないのに、激しい衝動に駆られる。自分が切羽詰まった顔になっているのがわかる。

学校帰りの高校生たちと買い物に出てきた主婦で、改札口付近はごった返していた。アーケードに覆われた空間のため熱風がこもり、不快な空気が漂っている。真子は早くも額と首筋が汗ばむのを感じた。

「真子ちゃん！」

右手に見える券売機の辺りから、百恵が小走りでやってきた。この暑さだというのに、グレーのパンツスーツを着ている。丸の内あたりのキャリアウーマンといった感じだ。

「すみません、今日は私のために」

真子は深々と頭を下げた。少しだけ心が軽くなるのを感じる。

「そんなこと気にしないで。午前中に学校に行く用事があったんだけど、午後は元々予定がなかったのよ」

久し振りに百恵の笑顔を見た真子は、ほっとして全身の力が抜けてしまった。彼女の笑顔は心地好い安心感を与えてくれる。

「立ち話も何だからどこか涼しいところに行きましょう。どこにしようか、マック？　ケンタ？　ミスド？」

百恵は周囲に立ち並ぶ店を見渡している。改札口のアーケードを出ると、ファーストフード店が競い合うように立ち並んでいる。反対側の駅ビルの中にはファミリーレストランもあり、雑談をするような店には事欠かない。

「できればこの辺りのお店じゃなくて、他の場所でお話しさせてもらえませんか？この辺りだと、知り合いに会う可能性もありますから」

真子は歩を進めようとする百恵に待ったをかけた。アルバイト先の同僚のほとんどが地元の人間のため、偶然出くわすことも充分にあり得る。これから百恵に相談する話は絶対に聞かれたくない。

「じゃあ私の家に行きましょう。真子ちゃん自転車でしょう？　歩いたらちょっと遠いけど、自転車なら一〇分くらいだから」

百恵はすぐに事情を察してくれたようで、気の利いた提案をしてくれた。百恵には相談事があるということしか伝えていないのだが、真子の様子からそれが深刻な問題だということを理解してくれたらしい。真子は感謝の意を込めて笑みを返した。

「私はあそこの駐輪場に自転車を置いてるんだけど、真子ちゃんは？」

百恵の指さした駐輪場に真子も自転車を置いていたので、一緒にそちらへ向かった。

百恵は自転車で一〇分くらいと言っていたが、実際には一五分ほどかかった。歩いたら三〇分以上かかるのではないかと思われる、駅からかなり南下した場所に百恵の住むアパートはあった。幾分陽射しは弱まったとはいえ、蒸し暑い気候の中で一五分も自転車をこぎ続けたため、真子のセーラー服は完全に背中にへばりついていた。しかしいつもほど不快感は感じなかった。

「自転車はこの辺に置いておいて」

百恵は玄関の扉の前のスペースに自転車を置きながら言った。木造二階建てのアパート。一階と二階にそれぞれ二部屋ずつしかない小さなアパートだ。築年数を聞いてみたいところだったが、失礼に当たると思い、真子は聞かないことにした。激しい地震や台風に見舞われたらひとたまりもなさそうなアパートは、百恵が玄関の扉を引き開けると古くなった扉特有の甲高い音を響かせた。

真子はまじまじと建物を眺めた。百恵のイメージからは想像もつかない家だ。失礼だとは思いながらも、驚きを顔に表してしまった。

「狭いところだけど、どうぞ」

百恵に先導されて室内に足を踏み入れた真子は、反射的に顔をしかめた。異様に暑い。

室内にこもった熱風が真子の全身にまとわりつき、けだるさに襲われるとともに汗が噴き出してきた。息を吸えるような状態ではなかったので、真子は一歩下がって玄関から外界の空気を吸い込んだ。そしてすぐに顔を伏せた。この表情を百恵に見られたくない。

「ごめんね。クーラーもない部屋だから帰った時はいつもこんな感じなの。すぐに窓を開けて換気するから、そこでちょっと待ってて」

百恵は恐縮したような口調でそう言うと、部屋の奥へ進み、窓を開け放った。そして扇風機の電源を入れて不快な空気を追い払おうとしていた。学生の一人暮らしの大変さが、ひしひしと伝わってくる。
二、三分すると部屋の奥から流れてくる風が涼しさを運んできたので、真子は玄関に靴を並べて上がることにした。玄関先からでも室内が見通せる部屋は、よく言えばシンプルで、家具がきれいに整理された空間だった。畳が敷かれたワンルームはおそらく六畳ほどの広さだろう。玄関の脇におまけのようにキッチンとトイレがついているが、お世辞にも快適な部屋とは言えない。部屋の隅には机が置かれているが、その上にはデスクトップのパソコンが載っているため他に机の役割は果たせそうにない。部屋の中央に置かれたちゃぶ台には、教科書や様々な文献が山積みにされている。ベッドがないところを見ると、寝る時は押し入れから布団を出してくるのだろう。狭い部屋ではあるが、神経質な百恵らしく、物品の整理整頓と掃除は隅々まで行き届いている。

「この部屋に人を入れたのは真子ちゃんが初めてよ。座布団もないけど、適当に座って」

百恵は愛らしい笑顔を見せて、キッチンに向かった。冷蔵庫からウーロン茶のペットボトルを取り出し、グラスに注いでいる。

真子は何気なく、ちゃぶ台の上の文献に目をやった。聞いたこともない心理学用語が記された、入門書や解説書が積まれている。その傍らの大学ノートには、ボールペンで書かれた文字の羅列があった。筆圧の強い、角ばった文字。几帳面な性格の人が書いたということが、一目でわかる。

「家賃も含めて生活費は全部自分で稼がなくちゃならないの。だから見ての通り、厳しい生活をしてるわ。学費は奨学金が取れたから何とかなってるけど、無理してこっちの大学になんか来ることなかったかなって少し後悔してるのよ」

百恵はウーロン茶のグラスとストローを真子に手渡すと、ちゃぶ台の上の文献を床に下ろして、その横に座った。仕事中と同じく、ひとつひとつの動作が機敏で、見ていて気持ちがいい。

「地元で進学しようとは思わなかったんですか?」

まずは百恵の話に付き合うのが礼儀だと思い、真子はそんな質問をした。

「私は文学部の心理学科に行ってるんだけど、地元にはあまりないのよ。それに将来的には臨床心理士の資格を取ってカウンセラーになりたいと思ってるから、なるべく名の知れた大学で学んでその知識を生かしたいと思ったの」

百恵は目を輝かせて語った。視線が遠くに送られている。きっと将来の自分の姿を思い浮かべているのだろう。自分の目標をしっかりと定めて、それに向かって努力している百恵の姿は輝いて見える。

「でも両親はあまりいい顔してないんだけどね。ほら、田舎の人って古くさい考え方をするでしょう? 女は学をつける必要なんてないとか、女の幸せは結婚だけだとか。だから私も意地になってる部分があるんだけどね。まあとにかく、カウンセラーを目

思うし」

　百恵は優しく微笑むと、ウーロン茶のグラスに差し込んだストローを口にした。自宅のグラスにも口をつけようとしないところが、いかにも百恵らしい。

　真子はストローを使ってウーロン茶を一口飲み、大きく深呼吸をしてから語り出した。

「実は、店長のことなんです。前に五明さんのことで百恵さんに相談をして、それで店長にも力になってもらいました。最初のうちは親身になって私のことを気遣ってくれたんですけど、最近は……」

　すべてを話そうと決意しても、いざ話し出してみると肝心なところで言葉を飲み込んでしまう。左手の親指がちくりと痛んだ。爪のピンク色の部分に、うっすらと歯形が付いている。

「店長のことは、私も少し気になってたの。昨日久し振りにお店に入ったんだけど、店長の様子が明らかにおかしかったわ。心理学的な分析とまではいかないけど、いやにストレスを感じているような言動や行動が目立ってた。あそこまで感情の起伏が激しい人じゃなかったのに。何にしても、店長に相談しろって言ったのは私だから、そのせいで真子ちゃんが嫌な思いをしてるんだったら私にも責任があるわ。だから隠さず全部話して」

百恵は、まっすぐに真子の顔を見て語りかけてきた。真子の力になりたいという彼女の思いが、はっきりと伝わってくる。

「百恵さんのせいじゃないです。店長に相談したことで私自身、心の整理がついて落ち着くことができたわけだし、それに店長は本当によくしてくれました。でも最近は店長の行動がおかしいんです」

真子は語尾に力を込めた。恐怖と困惑が同居した不安定な気持ちをそのまま表した。

「おかしいって、どんなふうにおかしいの？」

百恵は落ち着いた口調で静かに尋ねてきた。その穏やかな口調とは裏腹に、真子を見つめる百恵の瞳は鋭さを秘めていた。カウンセラーの卵として、冷静に状況を分析しようとしているのだろう。

「まず、メールや電話です。最初のうちは落ち込んでる私のことを心配して励ましてくれる内容だったんですけど、そのうち〝おはよう〟とか〝おやすみ〟とか何気ない挨拶が送られてくるようになりました。それでもまだ、そんなには気にならなかったんですけど、最近は三〇分おきにメールが入ります。〝今何してるの？〟とか、私の行動を窺うような内容ばかりです。店長の携帯とお店の電話を着信拒否にしてるので、電話はかかってこなくなりましたけど、メールはいくらアドレスを変えても次の日にはまた入ってきます」

　そこまで語ると真子は恐怖に駆られた。あれほど蒸し暑かった部屋の空気が、真冬の乾いた冷たい空気のように感じられた。

「他にも何かされたの？」

　百恵は表情を変えずに真子の顔を覗き込んできた。まずは事情をすべて聞き出そうとしているのだろう。

「仕事中もあからさまに、私だけ特別扱いするんです。お客さんにナンパされた時も、他の女の子の時は見て見ぬ振りなのに、私だけすぐに助けてくれるし、トイレが詰まった時もそうでした。女子トイレって、よく詰まるじゃないですか。この前は詰まり方が酷くて、水浸しになっちゃったんです。その汚水がホールに流れ込みそうになって、私が最初に発見したのに、その処理をさせられたのは佐知なんです。あの子、すごく怒ってました。そういう特別扱いは逆に迷惑です」

「私がいない時にお店でそんなことがあったんだ。全然知らなかった」

　百恵は真子の話をひとつひとつ嚙みしめるように頷いた。

「それに、バイトが終わって家まで歩いて帰る途中、その日休みだった店長が車で現れたんです。たまたま通りかかったって言ってましたけど、あんな住宅地の小道を通りかかるわけがないんです。待ち伏せをしてたか、ついてこられたか。そう考えると怖くて、怖くて……。この前はとうとう家にも来ました。試験前だからしばらくバイトを休むって伝えてあったのに、連絡もなく休んでるから心配になって来たって言うんです。親が家に上げちゃって、私が帰った時にはすでにふたりを味方につけてました。メールを返さないものだから、最近は家に手紙が届くようになりましたし、昨日は花束が届きました。もう怖くて私……」

真子は我慢ができず泣きじゃくった。蓄え続けた恐怖を、思いっきり外へ放出した。しかしそれでも話は続けた。百恵にすべてを話すことが解決への道に繋がるはずだ。

「他には？」

百恵が優しく真子の両肩に手を置いた。弱気に傾きそうになる心を、彼女が引き戻してくれる。

「バイト中に、通学鞄の中が荒らされてました。手帳を見られたらしいんです。佐知と撮ったプリクラが、何枚かなくなってたんで」

百恵の顔がぼやけて見える。人前でこんなに涙を流したのは初めてだ。

「バイトはすぐにでも辞めるつもりですけど、それで収まるとも思えないんです。百恵さん、助けてください」

真子は百恵の体にしがみつき、胸に顔を埋めた。真子の中で感情の奔流を押しとどめていたダムが完全に決壊した。

百恵は両手を真子の背中に回し、優しく抱いてくれた。彼女のふくよかな胸が、母親のような温かさを伝えてくれる。

「辛かったよね。よく我慢したわ。でももう大丈夫。私が守ってあげる。もう我慢しなくていいのよ。あとはすべて私に任せて。職場の先輩として、カウンセラーの卵として、そして女として真子ちゃんの相談に乗るわ。だから安心して」

百恵は真子の両手を握りしめて言った。その口調は優しかったが、握りしめた手にはしっかりと力が込められていた。

血液の流れに乗って、安堵感が全身に浸透していく。このまま脱力してしまいそうだ。

「店長があなたにしていることはストーキングよ。今は法律で規制を受ける犯罪行為だから対策も確立されてるわ。その対策を講じるためにも、もう一度店長にされたことをひとつひとつ正確に思い出して欲しいの。真子ちゃんにとっては思い出すだけでも辛いことかもしれないけど、その詳細を分析しないことには先へ進めないから」

百恵は子供をたしなめるように言った。そしてハンカチを取り出し、真子の涙をそっと拭ってくれた。

真子は安心感に満たされていたので、何の抵抗もなくすべてを語ることができた。

百恵は真子の話を聞きながら要所要所で質問をし、状況を自分なりに分析しているようだった。

「こう言っては何だけど、身近な人がストーカーになるケースとしては典型的なパターンね。真子ちゃんから相談を受けた店長は最初は何気なく力になっていたんだと思うけど、いつの間にか真子ちゃんのことを陰から見守る騎士のような気持ちになって、それが気持ちよく思えたのよ。そしてメールや電話で親しく情報交換をしているうちに真子ちゃんとの距離が縮まったような錯覚を覚えて、情報を手に入れること自体に快感を覚えるようになった。わかりやすく言えば、新しいゲームを与えられた子供のようなものよ。ストーキングという行為はゲーム感覚で夢中になって、他のどんな時間よりも大切にしてしまうの。待ち伏せや追跡、それから真子ちゃんの家まで押し掛けたのもこの心境からよ。手帳を見たのも真子ちゃんの生活を把握するためだと思うし、プリクラはコレクションのひとつになってるんでしょうね。佐知ちゃんには悪いけど、彼女の写ってる部分は切り取ってると思うわ。真子ちゃんに近づくことで、真子ちゃんに関する情報がどんどん入ってくるから嬉しくて仕方ないのよ」

「そんな身勝手な……。そんなくだらないゲームのために、私がどれだけ苦しめられたか……」

　真子は動揺を露にした。語れば語るほど、その時の恐怖を思い出し、おぞましさに鳥肌が立った。

百恵はウーロン茶のグラスを差し出し、真子に口にするように勧めてきた。心を落ち着かせるための配慮らしい。

「応急処置かもしれないけど、今真子ちゃんが迷惑してることは、すぐにでも対策を講じることができるから安心して。法的な規制に関してはあとで説明するけど、まずは自分で自分の身を守る方法を教えるわね。電話やメールに関してはすでにしてるように、着信を拒否したり、アドレスを変えたりするしかないけど、郵便物に関しては受け取りを拒否することができるから、その旨を郵便局に伝えることね」

「差出人が書いてない封書なんですけど、それでも大丈夫ですか？」

真子は百恵の話に真剣に耳を傾け、わからないことはどんどん質問していこうと思った。

「もちろん大丈夫よ。それが明らかにストーキングをしている相手、つまり店長からの手紙だとわかるのなら、開封しないで受け取りも拒否した方がいいかもしれないわね。有価物でないものは三ヵ月保管してから処分してくれるからあとには残らないわ。でも警察に相談する場合は、こういったものが証拠品になるの。指紋が残っていたり、いつどこで発送したかなんかがわかるから、その場合は保管しておいた方がいいんだけど、警察を通す際の話はあとでするから、今は自分でできることを先に説明するわね。待ち伏せや追跡については、この前みたいに絶対に車に乗ったりしたらだめよ。

はっきりと拒否の意思を示さないと相手は勘違いしちゃうから。それで何か危ない目に遭いそうになったら、恥ずかしがらずにすぐに人を呼ぶこと。住宅地の場合は『火事だ』って叫ぶといいわよ。『助けて』だと厄介事に巻き込まれたくなくて無視する冷たい人もいるから。あとは念のために護身用のチカン撃退スプレーや防犯ブザーを携帯しておくことね。最近はディスカウントショップの防犯グッズコーナーで手頃な値段で売ってるから」

真子が少しずつ落ち着きを取り戻していることを察したらしく、百恵は一度席を立って空になったグラスにウーロン茶を注いでくれた。

真子はストローでウーロン茶をすすった。冷たい液体が食道を流れ落ちていき、ようやくほっと一息つくことができた。

「でも片桐店長がそんなことをするなんて、驚いたわね。心理学的見地から解析されている、ストーカーになりやすいタイプには当てはまらないと思うんだけど」

百恵はストローに口をつけ、首を傾げながら窓の外を眺めた。遠くを見つめ、考えを巡らせているといった感じだ。

真子もそちらを眺めた。先ほどよりも心地好い風が舞い込んでいた。

「ストーカーになりやすいタイプなんてあるんですか？」

「何不自由ない家庭環境で育った高学歴の人がストーカーになりやすいっていう研究

報告がされてるの。勉強ができるものだから親や教師からチヤホヤされて育って、怒られた経験もない。経済的にも裕福なわけだから、欲しいものは何でも買ってもらえて、我慢することを知らないで育つ。成績さえ良ければ何もかもが自分の思い通りになるって考えて、表面的ないい子を演じるようになる。最終的には恋愛さえも自分の思い通りになるって考えてしまうの。こんなに頭が良くて、いい子の自分を好きでない人なんているわけがない、そんな妄想めいたことを本気で考えるのよ。しかも目標達成意識が異常に強いものだから、何が何でも欲しいものを手に入れようとする。でもこれは店長には当てはまらないのよね。たしか店長は、ごく普通の中流家庭で育ったって聞いたことがあるし、学歴も突出してるわけじゃないしね。だとすると……、あっ」

百恵はうっすらと口を開けたまま、彫刻のように固まった。頭の中に閃光《せんこう》が走り、それを吟味している、そんなふうに見える。

「遊び感覚で始めたことがエスカレートして、ストーキングになったパターンだと考えれば、店長は当てはまるかもしれないわね。店長って無趣味な人だから、仕事以外にすることがなかったと思うのよね。かといって、仕事が好きで好きでしょうがないっていうタイプにも見えないし。奥さんが結構厳しい人らしいから、家庭でもストレスを溜め込んでるのかもしれないわね。これは噂だけど、家も車も奥さんの親に買ってもらったって聞いたことがあるから、頭が上がらないのかもね。そんな時に熱中できる楽しみを発見したものだから、我を忘れて熱くなってるってところかな。まあでも、店長をフォローするわけじゃないけど、仕事はできる人だと思ってたんだけどね。真子ちゃんの話を聞くと、今はそれも怪しいみたいだけど」

「すごいですね。バイトでもマネージャーになると、そんな話まで知ることができるんですか？」

真子はただただ感心するしかなかった。片桐のプライベートに関する情報を、なぜ百恵はここまで把握しているのだろうか。

「平日の昼間にバイトに入ると、主婦のパートさんが多いでしょう？　主婦はすごいわよ。そういう話が大好きだし、どこからともなく情報を仕入れてくるから。私はその話を立ち聞きしただけ」

百恵は軽く笑ってみせると、すぐに真顔に戻って再び真面目な話を始めた。

「ねえ真子ちゃん、『ストーカー規制法』って知ってる？」

百恵はちゃぶ台の上で腕を組み、真子のことを正面から見つめた。再びストーキングの対策に関わる話のようだ。真子は深く息を吸い込んで、ゆっくりと吐き出した。冷静な思考を働かせた上で、百恵の話を聞きたい。

「聞いたことはありますけど、詳しくは……」

テレビや新聞で頻繁に使われている単語だが、詳しい内容までは知らなかった。というよりも、自分には関係のないことだと思って気にしていなかった。

「この法律が最近は、かなりの成果をあげてるのよ。この法律の対象となるのは〝つきまとい行為〟なんだけど、電話やメール送信を必要以上に頻繁に行ったり、郵便物を何度も送りつけたり、待ち伏せや追跡をすることもすべて〝つきまとい行為〟に入るから、真子ちゃんはすでに訴える権利があるわ。警察署に訴えるとまず、公安委員会が対象者に警告をしてくれて、これに従わない場合は禁止命令、それでも続くようなら一年以下の懲役または百万円以下の罰金になるはずよ」

「じゃあ早速、被害届を出します。もうこれ以上耐えられませんから」

片桐とのその後の関係や、店のことを考えた時期もあったが、もうそんなことを考えている余裕はない。今すぐにでも警察に駆け込みたい。

「ちょっと待って。それには少し問題があるのよ」

百恵は真子を落ち着かせようとしたのか、身を乗り出して腕を掴んできた。力強い光を放つ彼女の目が、最後まで話を聞くようにと訴えている。

「バイトなら辞めますから大丈夫です。少なからずお店には迷惑を掛けることになると思いますけど、もうそんなこと言ってられないんで」

真子は真っ直ぐに百恵を見つめ、訴えかけるように言った。自分の思いをしっかりと百恵に伝えたい。

「そうじゃないの。被害届を出すとなると、真子ちゃんは未成年だから保護者の同意も必要なのよ」

百恵は気まずそうに指先で額を掻きながら、顔をしかめた。真子はなぜそれが問題なのかがわからなかったが、少し考えて愕然とした。真子は太い氷の棒に、心臓を貫かれた気がした。それくらい冷酷な一撃だった。

そういうことか……。親には言えないよ。

「事情がわかったみたいね？　だからこの話は最後にしたのよ。最初に話していきなり警察に行くって言い出されても困るから」

百恵は真子の表情の変化を見逃さなかったようだ。同情と困惑が混ざったような表情をして見つめてくる。聡明な百恵のことだから、真子の心情の変化を敏感に察したのだろう。

「五明さんとのことも話さなければならないんですね？」

真子はうつむき加減に聞いた。心の一部が麻痺してしまったかのようだ。徒労感とも絶望ともつかない感情が湧き起こったが、抵抗力が働かない。

「そういうことになるわね。警察にはストーキングが起こった経緯を詳しく説明しなければならないから、当然その発端である店長への相談事は包み隠さず話さなければならないわ。仮にそれを隠したとしても、公安委員会が店長に警告を与えたり、最悪、禁止命令を無視して警察が逮捕するようなことになれば店長側の供述も真子ちゃんの保護者に伝えることになるから、結局は同じね」

真子は暗澹《あんたん》たる気分になった。射し込んできたはずの希望の光が、突然遮断されてしまった。

「だめです。絶対にそれだけはだめです。私が男の人とそういう関係になって、しかも捨てられたような結果になっただなんて、そんなことを親が知ったら……。絶対にだめです」

真子は必死に訴えた。何としてもそれだけは阻止しなければならない。あのことを親に知られるくらいだったら、このまま店長のストーキングを受けていた方がましだ、そんなふうにさえ思えた。

「わかったわ。じゃあ警察を通さずにできる対策を講じましょう」

百恵は意外にあっさりと、真子の訴えを受け入れてくれた。聡明な彼女のことだから最初から、警察の力を借りることはできないと考えていたのかもしれない。

「どんな方法があるんですか、警察を通さなくてもできることって」

真子は神にすがるかのように、百恵の手を握りしめた。今の真子にとって百恵は、神以上の存在だ。百恵ならきっと自分を救ってくれる、そう確信している。

「簡単な方法よ。真子ちゃんが店長のストーカーになるの」

百恵は真子の目を見て、真剣な面持ちで告げた。表情を見る限りでは冗談を言っているようには思えない。第一彼女は、こんな場面で冗談を言うような人ではない。

わけがわからず、真子は百恵を見つめ返すことしかできなかった。口をポカンと開けたまま、自分の顔が固まっているのがわかる。

「あのう、百恵さん……」

自分の発した声が震えていた。理解不能な状況を前にして、感情が声に表れたらしい。

百恵の発言は、真子の思考ではとても理解ができないものだった。どう考えてもあり得ないことを百恵は言っていた。

「驚いたでしょう？　でも私は真面目に言ってるのよ。これは心理学的にも立証されてることなんだけど、ストーカーっていうのは〝追いかける者の優越感〟で動いてるの。これが突然〝追われる者の不安〟を感じることになると、ぱったりストーキングをやめてしまうものなの。実際そういう事例も数多く報告されてるわ。関係を逆転させる、つまり真逆の心理を味わわせることでは、ストーキングをやめさせる対処法としてちゃんと認識されてるのよ」

百恵は自信に満ちた表情を浮かべている。どんな時でも前向きで常識的、建設的な意見を述べる彼女の顔。つまり本気で言っているということだ。

「でも、どうやって……」

百恵のことは全面的に信じると決めた真子であったが、さすがにこの提案には難色を示さざるを得なかった。指が震えて、ちゃぶ台の上のウーロン茶のグラスを倒しそうになった。それでも警察を通すという正攻法が選択できない以上、百恵を頼りにするしかないというのが現実だった。

「まずは真子ちゃんがされたように、メールや電話をこちらから積極的に入れることね。当然最初のうちは相手は喜ぶと思うけど、ある時点からそれが苦痛に変わるわ。このあたりは根比べみたいなものだから負けちゃだめよ。あとはとにかく相手の嫌がることをして迷惑を掛けるの。優しい真子ちゃんにそんなことをさせるのは酷なんだけど、これも自分の身を守るためだと思って割り切ってやらないとだめよ。それじゃあ具体的に何をすればいいかを説明するわね」

それからは百恵が詳細を語ってくれた。真摯に語りかけてくるような目。じっくりと対話し、わかり合えるまで話し合おう、そんな心の声が聞こえてきそうだ。

私はどうすればいいの？

確かに百恵の言うことは、心理学的な裏付けもあるだろうし、正しいことだと思う。しかし自分が片桐のストーカーになるだなんて、そう簡単には納得できない。尊敬する百恵からの指示とはいえ、盲目的にすべてを受け入れるには抵抗がある内容だ。

真子は必死に思考を回転させた。頭の芯が疲労して、様々な物事がごちゃごちゃになって渦巻いている。こめかみの横を、ひとつ汗が流れていくのを感じた。

直後に、真子は天啓のように閃くものを感じた。

試しに少しだけやってみるっていうのはどうだろうか。頑張ればできそうなことをやってみて、片桐の反応を窺うことくらいならできそうだ。

警察に訴えることはできない。かといってこのまま手をこまねいていたら、取り返しのつかない状況になってしまう。そう考えると、自分には百恵の策に乗る選択肢しか残されていない。どうしてもできそうになかったら、その時点でまた百恵に相談すれば何とかなるのではないか。

真子は奥歯をぎゅっと摑み、両手をきつく握りしめた。

13

九月も半ばに入ったのだが、相変わらず蒸し暑い日が続いていた。しかし真子の心情は明らかに以前とは変わっていた。定期試験を無事に終えてアルバイトに復帰した真子は、生まれ変わったような気持ちで仕事に励んでいた。百恵の提案のすべてに納得したわけではない。しかし彼女の指示通りに行動したことで、すでにいくつかの成果が現れていたので、心に余裕が生まれた。

片桐からのメールには必ず返信することにしていたし、できるだけこちらから定期的に送るようにもしていた。最初のうちは気持ちが悪いほどに向こうが喜び、とんでもない数のメールが送られてきたが、それも少しずつ数は減り、今では真子の方からメールを送るのが主流になっている。この件については真子が主導権を握ったことになる。そしてメールでのやりとりができるようになったせいか、郵送で送られてくる封書はまったく届かなくなった。電話は親がうるさいからあまりできないと伝えると、まったくしてこなくなった。友好的な態度を見せると物わかりが良くなるという一面も発見した。

「百恵さん、おはようございます」

真子はタイムカードを押し、手洗いをしようとしたところで百恵の姿を見つけた。マネージャーユニフォームをしっかりと着こなし、姿勢を正して歩く様は、ファッションモデルを思わせる。

真子は夕方五時からのシフトに入るところなのだが、百恵はどうやら上がる時間らしい。

「順調みたいね。今日からはお店でも頑張ってね」

百恵がすれ違いざまに声を掛けてくれたので、真子は笑顔で頷いた。自然と笑みがこぼれてくる。

百恵とは毎日のように電話で話をしていた。状況報告とともに、百恵からの新たな指示を受けるのが目的だった。そして今日からアルバイトに復帰する真子には、やらなければならないことが山ほどあった。学校が始まってからは金曜日と日曜日しかアルバイトに入っていないので、貴重な時間を有意義に使わなければならない。

さあ、頑張ろう。この調子でいけば、思ってたよりも早く解決しそうだしね。

真子は自らを鼓舞してホールに向かった。するとすぐに片桐が駆け寄ってきた。

「店長、おはようございます」

真子の方から元気に挨拶をした。怯えや嫌悪感を顔に出してはならない、そう心掛けながら笑顔を作った。

「おはよう。今日からまた頼むよ」

片桐は満面の笑みを見せた。おまけに真子の肩を撫でるようにして触っていったので不快感を味わう羽目になったが、そのおかげで決心が固まった。何となく気がひける部分もあったのだが、これでやってやろうという気になった。

真子は大きく深呼吸をしてから仕事を始めた。決心が固まったとはいえ、緊張しないわけではない。先ほどから動悸が耐え難いほどに高まっている。しかしまだそれほど混み合ってはいない時間帯だったので、これといってすることはなかった。

店長に迷惑を掛けることか。私にうまくできるかな。

何気なく仕事をしながらも、それが頭から離れなかった。午後七時を過ぎたあたりから、金曜の夜ということもあって店内は賑わいを見せ始めた。あっという間に満席になり、入口付近には空き待ちの客がうろつき始めた。そろそろチャンスがやってきそうだ。

真子は入口に用意してある用紙を確認しにいった。客に待ってもらう時に名前と人数を記入してもらう用紙だ。そしてやはりその用紙は、真子が予想した通りになっていた。これから訪れる事態に備えて、ぐっと血圧が上昇するのを感じる。

一番上の名前の欄に〝殿〟と記されている。よくある幼稚ないたずらだ。店員に〝殿様〟と呼ばせたいのだ。この他にも〝神〟だとか芸能人の名前だとか外国人の名前などを書いて喜んでいる客がいる。そしてこれがまた非常に多い。毎日五、六組くらいがこんな幼稚な行為をしでかすのだ。何がおもしろくてこんなことをするのか、真子にはまったく理解できなかった。

真子が用紙に目を落として首を傾げていると、大学生くらいの男性客四人組がクスクスと笑っていた。これで〝殿様〟がいることは確認できた。書いたくせに恥ずかしくなってその下に本当の名前を書く客もいるので、まずは安心した。変な名前を呼んで、その客がいなかった時は、店員だけが恥ずかしい思いをしなくてはならない。以前に真子は〝神様〟を呼んだことがあるが、やはり〝神様〟はいなかった。

この人たちか。よし、一度やってみたかったことだし、開き直ってがんばろう。

依然として緊張は感じていたが、軽い興奮も湧き起こってきた。罪悪感と高揚感が同居する奇妙な感覚を覚えながら、真子は声を発した。

「四名でお待ちの〝殿様〟はいらっしゃいますか？」

他の客から失笑が漏れる中、〝殿様〟は恥ずかしそうに名乗り出てきた。

恥ずかしがるのなら、最初からこんなことをしないで欲しい。名前を呼ばないわけにはいかない店員の方が、何倍も恥ずかしいのだ。いつものように自分の顔が火照るのを感じたが、今日はこのまま終わるつもりはない。日頃からの思いを口にしようと思う。

真子は男たちの行く手を阻むように立って睨みつけた。片桐のストーキングをやめさせるため、そしてただ我慢するだけの生活に別れを告げるために、真子は勇気の在庫を掻き集めた。

「あなたが〝殿様〟なんですか？　本当に〝殿様〟なんですか？　そんなわけないで

すよね？　今は平成ですよ。江戸時代じゃあるまいし、〝殿様〟なんているわけないじゃないですか。こんなふざけた名前を書くのは、もうやめてください。ギャグのセンスとしても最低だと思いますよ。全然笑えません」

相手の顔から目を逸らさずに、真子は思いっきり言い放った。初めこそ声が震えたが、次第に口調が熱を帯び、激していった。

真子の中で何かがはじけた。心の中を爽やかな風が吹き抜け、すがすがしくて笑みがこぼれそうになった。

さあ、怒っていいのよ。店長を呼んで、怒鳴りつけていいんだからね。

「……すみません」

〝殿様〟はうなだれるように頭を下げた。体を小さく丸めて、情けない顔をして謝った。

何で謝っちゃうのよ。怒ってくれないと意味がないのに。

真子は仕方なく〝殿様〟御一行をテーブルに案内した。連れの男たちまで反省しているようで、このテーブルだけ葬式のような重たい雰囲気になっていた。これ以上この客に関わっていても何の成果も上がらないと思ったので、注文を取るのは他のアルバイトに任せることにした。

言いたいことが言えて気持ち良かったが、作戦としては失敗だ。自分の発言に凄味が足りなかったからだろうか。もしそうだとしたら、それは仕方がない。自分を殺してでも他人と揉め事を起こさずに生きてきたのだから、他人様を叱りつけるだなんて、いきなりうまくはできない。

気持ちを切り替えてホールを回っていると、ひとつのテーブルで客とアルバイトが揉めているのを目にした。その女子アルバイトは夏休みから入った新人で、歳は真子よりも上だが仕事上は後輩にあたる。中年の男性客二名が何やら騒ぎ立てていたので、真子は様子を窺った。

「だから何度言わせたら気が済むんだ！　俺はこのピラフの大盛りって言ってるだろう！」

中年男はメニューを指さしながらいきり立っていた。眉をつり上げ、今にも拳を振り上げそうな勢いだ。

「申し訳ございません。大盛りはできかねるのですが」

女子アルバイトは礼儀正しく頭を下げたが、中年男はまったく納得していないようだった。

「だから何でできないんだよ？　難しい注文じゃないだろう？」

「申し訳ございません。当店では大盛りのご注文はお受けしておりませんので、価格も決めることができませんし……」

女子アルバイトは緊張のためか、目尻が痙攣している。

真子は状況を察した。これも非常によくあるトラブルだった。ファミリーレストランというのは基本的に大盛りの注文は受けられないのだ。ライスのように最初から大盛りが設定されているメニューは例外だが、ピラフやグラタン、ドリアなどはまず不可能である。食材は店舗に運ばれてくる時点で、一ポーションと呼ばれる一食用の材料に分けられて納品される。だから仮に大盛りを作るとしたら二ポーション、つまり同じ商品を二つ出すのと変わらなくなってしまうのだ。この事情を知らない客は安易に大盛りを注文し、できないと告げられると怒り出す。よくいる厄介な客だった。

ひょっとしたら、これもチャンスかも。私もこういうお客さんには、嫌な思いをさせられてるし。

真子の胸には、熱い興奮が湧き起こっていた。自然と唇の間から、前歯が露になるのを感じた。自分がこの状況に適応し、楽しもうとしているのがわかる。

「ちょっとお客様、わがままを言うのもいい加減にしてください。できないものはできないんです。こちらにも事情があるんです。別に意地悪してできないって言ってるんじゃないんですから、子供じゃあるまいし、それくらいわかってください。それでもどうしても大盛りが食べたいのでしたら、牛丼屋さんにでも行ったらどうですか?」

真子はたんかを切るように威勢よく言い放った。困り果てていた女子アルバイトは目を丸くして真子を見つめている。目の前の中年男はもちろんのこと、他のテーブルの客たちも真子に注目していた。

恥ずかしいが、気持ちがいい。罪悪感のようなものはない。感じるのは満足感と充実感だけだ。自分の顔が自然に緩んで、笑顔になっているのがわかる。

「お客様、申し訳ございません」

この状況を目撃していたらしく、片桐が飛んできた。真子の前に立ち、中年男に何度も頭を下げている。額が膝にくっつきそうなほど深く腰を折る片桐の顔色は優れない。客に対する真子の応対を見て、慌てているのだろう。

「あんたが店長さん？」

中年男はくぐもった声で言った。妙に迫力のある声だが、無表情のため、感情は読みとれない。

「謝るのはこっちですよ。大人気ないことをしました。そちらのお嬢さんに言われて自分が恥ずかしくなりました。申し訳ない」

中年男は頭を下げた。胃が痛むように眉をひそめている。本当に反省しているようだ。

えっ、何でこうなっちゃうのよ？

またしても真子の作戦は失敗に終わった。真子は残念に思いながらも、普段絶対に言えないことを吐き出すことができたので爽快感に満たされていた。肩にのしかかっていた重たいものが、どこかに吹き飛んだかのように感じられる。体が妙に軽い。

　真子の終業時間である午後九時が迫っていたが、客足はいっこうにひかず、常に店内は満席の状態を維持していた。真子は久し振りに働いたこともあって、この時間になると疲れが出てきた。気持ちは高揚していたが、肉体的な疲労は別物だ。立ち仕事のため、まず最初にふくらはぎが張ってくる。そして腰が痛くなる。アルバイトを始めたばかりの頃に経験した疲労を、真子は久々に感じていた。

　もう今日は何もできそうにないと思い、当たり障りのない仕事をこなしていると、先ほど〝大盛り〟の中年男に絡まれていた女子アルバイトが小走りでやってきた。

「すみません。またお客様が納得してくれないのでお願いします」

　年上の女子アルバイトは敬語で頼んできた。先ほどの真子の毅然とした態度を目の当たりにしたからか、女子アルバイトは尊敬にも似た眼差しで見つめてきた。もちろん、悪い気はしない。真子は了解の意を示し、女子アルバイトのあとについていった。

　きっと自分が百恵を頼りにしている時も、このような目で見つめていることだろう。自分の中で、熱い思いがじんと音を立てた。

「お客様、いかがなさいましたか?」

　女子アルバイトに案内されたテーブルには、ＯＬ風の女性客二人組の姿があった。

まだ状況はわからないが、これも作戦に利用させてもらいたい。

真子は心が躍るのを感じた。もう気がひけるような思いは感じられなかった。

「私たちは〝お子様ランチ〟を頼んだのよ。それなのに大人は注文できないってどういうことよ！　私は小食なの。だからちょうどいいと思って頼んだのに」

女性客はタバコを吹かしながら、金切り声を上げて苛立ちを露にした。口紅をくっきり引いた唇が、細かく震えている。その表情と口調から察するに、相当頭に来ているようだ。

「だめなものはだめなので、それで納得してもらえませんか？」

大人の客が〝お子様ランチ〟を注文してくることはよくある。しかし注文を受けられないことを伝えれば、大抵の客が納得してくれる。ここまで粘ってくる客は珍しい方だ。

「それじゃあ納得できないわよ。お客様が食べたいって言ってるんだから、つべこべ言わずに持ってきなさいよ」

女性客は真子に向かってタバコの煙を吐き出すと、煙の隙間から透かすように睨みつけてきた。ミントのようなつんとする臭いが、真子の鼻腔を刺激した。

「じゃあ、説明します。〝お子様ランチ〟っていうのは、すごく手間がかかるんです。プレートの上にピラフ、スパゲッティー、ハンバーグ、エビフライ、サラダが少しずつ載ってるんだから当然ですよね。しかもそれだけの食材を使ってるわけだから、原価がものすごく高いんです。だからお子様だけの特別なサービスなんです。大人に出したら、こっちが赤字になっちゃいます。わかりましたか？」

真子は語気を強めて説明した。自分がまなじりを決した表情になっているのがわかる。そんな態度で、絶対に口外してはならない秘密のひとつを客に教えてしまった。もちろんそれも問題だが、客からしてみれば、店側の勝手な都合と感じることだろう。

これらはすべて、五明から教えてもらった知識だ。そんなことを思い出しても、特別な感情は湧いてこなかった。本当に、五明のことは過去の出来事として片付けることができたようだ。

「へえ、そうなんだあ。それはおもしろいことを聞いたわ。だったら仕方ないわね。他の注文にするわよ」

女性客は感心したように頷きながら言った。眉を垂らして、笑みまで浮かべている。

真子は首を傾げながら苦笑した。一瞬、手を口に当てそうになったが、堂々と笑うことにした。そしてあとを女子アルバイトに任せて、自分は終業することにした。去り際に女子アルバイトがうっとりとした目つきで真子を見つめてきた。それがまた気持ちいい。

こんなはずじゃなかったのになあ。結局ひとつも目的は果たせなかったよ。

真子はタイムカードを押しながら、ひとつ息をついた。同時に今までに感じたことのないような快感が全身を突き抜けた。真子はこれまでずっと優等生だった。親や教師の期待に応えるように行動してきた。人から嫌われないように、人から怒られないように、そればかりを考えて生きてきた。だから自分から人に嫌われるようなことをするなんて考えられなかった。その考えられないことを今日はしてみせたのだ。

もしかしたらこれが、自由というものなのかもしれない。

真子は楽しくて仕方なかった。ゲームのような臨場感溢れる楽しさがそこにはあった。こんなに気楽に仕事ができたのは初めてだった。真子の中で、初めて感じる種類の興奮が湧き起こっていた。全身をアドレナリンが駆け巡っている。

私は今まで、何につけても考えすぎてたのかもしれないわね。自由ってすごく楽しいことなんだね。佐知はいつも、こんな気持ちを味わってたのかな。だからあんなに楽しそうにしてるんだね。

従業員出入口を出てスタッフルームに向かうまで、真子は小躍りしたいほど軽やかな気持ちになっていた。

14

「やっと涼しくなってきましたね」

五明はスタッフルームの窓を開け、涼風に身を当てながら声を掛けてきた。彼の顔は真っ黒に日焼けしていた。大学の男友達と沖縄旅行に行ってきたと本人は言っていたが、本当のところはわからない。五明の周りに女の影がないというのもおかしな話だ。仮に五明の言うことが本当だとしたら、間違いなく現地調達をしたことだろう。

午後三時。片桐と五明はスタッフルームで休憩を取っていた。他に同じ休憩時間の者はいない。片桐は一応テーブルの上に書類を広げていたが、ボールペンを握る右手はまったく動いていなかった。

「店長、最近はどうなんですか?」

五明は興味津々といった笑みを浮かべてこちらに歩み寄り、タバコを催促してきた。片桐は勝手に吸えという意味を込めて、テーブルの上に出しておいたタバコとライターを弾き飛ばした。

「順調だよ、最近は特にそう感じるよ」

片桐はついつい笑みをこぼしてしまった。口元に笑い皺ができるのを感じる。この話になると、素の自分が勝手に顔を覗かせる。それも仕方がない。最近はうまくいきすぎている。こんなに満たされた気分でいられるのもすべて真子のおかげだ。

片桐がタバコをくわえると、五明が火をつけてくれた。その仕草といい、色気のある容姿といい、まるでホストのようだ。

「それはよかった。それで、どんな状況なんですか？　もっと詳しく教えてくださいよ」

五明は再び窓際に戻り、窓枠に腰を下ろし、外に向かってタバコをくゆらせた。

「彼女の方からメールを入れてくれるようになったよ。今まではこっちが積極的に入れてたんだけど、最近は勝手に入ってくるんだ。正直、嬉しいよ」

五明は聞き上手でもある。だから包み隠すことなく、何でも話してしまう。しかし仮に彼が何も聞いてこなくても、こちらから話をしたいと思う。うまくいっているだけに、やはりこの話を聞いてもらいたい。

「それで、店で会った時はどんな感じなんですか？」

「一緒に仕事をしてる時も充実してるよ。これは俺だけじゃないと思う。彼女もそう思ってるんじゃないかな。何かと俺のことを頼りにしてくれるし、それに彼女自身、すごく楽しそうに仕事をしてるんだ」

　話しているだけで胸が躍った。真子の話をしているだけで心が満たされる。全身が熱くなり、呼吸が激しくなる。顔はだらしない表情になっているかもしれないが、あえて引き締めようとは思わない。

「それもこれも店長が根気よくアタックしてきた成果ですよ。どうやらこのゲーム、店長の勝利で幕を閉じそうですね。少し相手が弱すぎたかな？　次はもっとハイレベルなゲームに挑戦する方がおもしろいですよ。これで俺の楽しみもひとつ減っちゃったな。もっと伏線を張って、エンディングを迎えたかったのになあ」

　五明は残念そうにそう言うと、まだ半分も吸っていないタバコを窓の外に投げ捨てた。駐車場には客がいるかもしれない。そこに向かってタバコを投げるなどもってのほかだが、見逃してやることにした。

　ゲームかあ？　そういえば、そんな感じで始めたんだったよな。

　片桐はふと気付いた。五明の今の言葉を聞くまですっかり忘れていた。ゲームだなんていう感覚はとうの昔に捨てていた。最近はとにかく真子に夢中になり、彼女の気持ちを自分に向けさせることしか頭になかった。最初はたいした反応がないことに苛立ちを感じたりもした。しかし今はその願いが叶いつつあり、充実感に満たされている。

「もう俺の助言は必要ないと思いますけど、最後にひとつ教えておきますよ。昔、ロールプレイングゲームにはまった時期がありましてね。夢中になりすぎてよく徹夜しました。寝不足で学校に行って授業中に寝ちゃって、先生や親にこっぴどく叱られましたよ。ゲームはほどほどに楽しむからいいんです。のめり込みすぎると痛い目を見るのは自分だってことを、その時はわからないんです」

五明は窓の外を眺めながら感慨深げに言った。遠くを見つめる表情が、どことなく色っぽい。

「引き際をしっかり見極めろってことか？　おまえらしい考え方だよな。なるほどね、遊びでしか女と付き合わないと、そういう考え方に行き着くのか。いい勉強になったよ」

片桐は笑い飛ばしたが、五明はこちらの話を聞いていないようだ。窓から身を乗り出すようにして店の方を眺めている。よく見ると、口元に薄笑みを浮かべているのがわかった。

「ねえ店長、俺早退してもいいですか？　店は暇そうだし、人件費の削減でちょうどいいでしょう？」

五明は薄笑みを浮かべたまま歩み寄ってきた。どうやら結末が見えた片桐と真子の一件には、興味をなくしたらしい。何か別のことを楽しもうとしている表情だ。

「何か用事があるんだったらしょうがないが」

「用事ってほどのもんじゃないんですけど、合コンに誘われてるんです。バイトだからって断ったんですけど、俺がいなくても店は大丈夫そうだし」

まだ片桐が返事をしていないというのに、五明は帰り支度を始めた。片桐がノーと言わないことを確信しているようだ。ふてぶてしいまでに落ち着き払ったその態度は多少気に障るが、これくらいの融通を利かせてやってもいいと思う。

「合コンだから早退するなんて、店の奴らには言わないでくれよ」

「はいはい、わかってますって」

五明の目はきらきらと輝いていた。陽の光を受けた花のように、生気に満ちて見えた。

片桐がタバコをもう一本くわえたところで、五明は「帰ります」と告げて退室していった。

さあ、大事な仕事を片付けるとするかな。

片桐はマネージャールームに行き、デスクトップパソコンを起動させた。そして来週のアルバイトのスケジュールを作成した。アルバイトのスケジュールも思い通りになる。店長というのも、考えようによっては悪くない。

自分のシフトに重なるようにして、真子を入れた。とはいっても、彼女は金曜日と日曜日しか入っていないので、そこに自分が入ることになる。他の日は、自分と五明が重なるようにした。彼は仕事面でも、プライベートでも頼りになる男だ。そして最後に片桐は、百恵と自分のシフトが重ならないようにスケジュールを組み、この業務を終了させた。百恵は美人だし、五明以上に仕事ができる。しかし細かいところをめざとく見つけて指摘してくるところが厄介だ。片桐にとって、今は大事な時期だ。余計な横やりを入れられるのは困る。

片桐は席を立ち、窓際へ向かった。開け放たれた窓の外には、秋晴れの露草色の空が広がっていた。

何もかもが思い通りに進んでいる。片桐はこの上ない満足感を噛みしめ、頬が垂れ落ちそうになるのを感じた。

15

日曜日のランチタイムは家族客で賑わい、あっという間に満席になってしまう。しかも子供たちがホールを縦横無尽に走り回り、奇声を発したりするものだから、いっそう慌ただしく感じる。

真子はたった今取ってきたオーダーを厨房に通しながら、中の様子を窺った。ピークタイムの厨房は戦場と化す。汗を飛び散らせて調理をする者、使い切った食材の補充をするために冷蔵庫まで走る者、皆一心不乱に各自の仕事をこなしていた。そんな戦場でも以前のようなぎすぎすとした雰囲気は感じられない。チーフの池谷が突然退職してしまったことで、単純に考えれば調理スタッフがひとり減ってしまったわけだが、それはマイナスではなくプラスの効果を生んでいるようだった。池谷の顔色を窺いながら恐る恐る仕事をしていた男子アルバイトたちは、人が変わったように生き生きとした表情を見せていた。

「〝和風ハンバーグ〟上がったよ」

男子アルバイトのはつらつとした声が響いた。

「真子ちゃん、悪い。六番にコーヒーのお代わりをお願い！」

〝和風ハンバーグ〟を取りに来た先輩アルバイトの女子大生が、真子の姿を見つけるなりそう言った。額に滲む汗が、忙しさを物語っている。

「何でこんなに混んでるのよ。これで平日と同じ時給なんてやってられないよ。これ以上混んだら、アタシは帰っちゃうからね」

佐知はけだるそうにホールを見つめている。彼女は一二時からのシフトなので、ちょうど今やってきたところだろう。寝癖を直さないまま髪を束ねたらしく、前髪が昆虫の触角のように跳ね上がっている。それでも化粧だけはしっかりしてくるところが佐知らしい。

「あれえ、真子、ひょっとして化粧してる？　チョーかわいい！」

佐知は真子の顔を指さし、飛び跳ねて喜んでいる。口を大きく開けて、奇声のような甲高い声を発するものだから、ホールの客までもがこちらを見つめてくる。真子は顔から火が出そうになった。

「佐知、仕事中なんだから、大きな声出しちゃだめだよ」

真子は慌ててホールに背を向け、佐知の口を片手で塞ぎながら厨房の脇に連れていった。

「だからアタシは慢性鼻炎なんだって。口塞がれたら死んじゃうの。何でそんなにテンパってるのよ?」

真子が手を離すと、佐知は肩で息をしながら言った。

佐知の言う通り、真子は化粧をしてきた。生まれて初めて、化粧をして人前に出た。とはいっても、佐知のようなギャルメイクではなく、たいして目立たない程度のものだ。アイホールにベージュのシャドウをのせ、ビューラーでカールさせたまつげに、まっ黒のマスカラを付けただけだ。現に、佐知に会うまで誰も指摘してこなかった。まったく気付いてもらえないのも淋しいが、かといって佐知のように大騒ぎされるのも恥ずかしい。

「真子はぱっちり二重だから、化粧をするとお人形さんみたいでかわいいよ。チョー羨ましい。やっぱアタシみたいに〝メザイク〟で矯正した二重とは違うね」

佐知は目を見開いて顔を寄せてきた。

そんなにジロジロ見られたら恥ずかしい。

「コーヒーのお代わり頼まれてるから行くね。佐知も早く仕事しないと、また怒られちゃうよ。でもその前に、鼻の頭を拭いた方がいいよ。また食べたでしょう？　生クリームが付いてるよ」

「今日は拭いてくれないの？」

「私も忙しいの。ごめんね」

指先で鼻を掻く佐知を横目に、真子は仕事に戻った。早速コーヒーのデカンターを持って六番テーブルに向かう。家族客の父親と母親の前に空になったコーヒーカップがあったので、それらにコーヒーを注いだ。ついでにホールを一周して、他にも空いているコーヒーカップがあればお代わりを勧めようと思った。忙しい時間に、その都度コーヒーや水のお代わりを頼まれるのは非常に面倒だからだ。

真子はテーブルの上を注視しながらホールを回った。その間も、やはり化粧のことが気になった。皆に見られているような気がして恥ずかしいのだが、心地好さも感じる。そのまま入口付近に向かうと、空き待ちの客が続々と押し寄せていた。この分だと、いつもよりピークが長引きそうだ。ということは、今日もチャンスがあるかもしれない。

高鳴る鼓動を感じながら、真子は今日もその機会を窺っていた。

自分の失敗、失態によって片桐に迷惑を掛けなければならない。

最初のうちは片桐も喜んでその被害を被ってくれるだろう。しかしそのうちきっと嫌気がさす。その日まで真子はこの作戦を実行し続けなければならない。一昨日の夜、初めてそれを試したわけだが、なかなかうまくいかなかった。それにこの作戦は片桐ひとりが被害を被るなり、責任を問われる状況を作らなければならない。たとえば料理を客の顔にぶつけたりすれば間違いなく客は激怒するだろうが、これではさすがに真子もすぐに解雇されるだろう。ここが難しいところだった。真子はこの先もアルバイトを続け、少しずつ片桐を追いつめていかなければならなかったし、何度も料理を作り直させたりしては調理スタッフに迷惑を掛けてしまう。

真子が厨房に引き返そうとした時、ひとつのテーブルに空になったコーヒーカップを発見した。喫煙席の二人掛けの席には大学生くらいのカップルが座っていた。

あれ、あの女の人……。

真子はそのテーブルに歩み寄ったが、咄嗟に立ち止まった。女性の様子が明らかにおかしい。真子はすぐに事情を察した。一昨日の夜の高揚を思い出し、体が疼く。

女性は両手で顔を押さえ、肩を震わせていた。表情は確認できなかったが、泣いているのは明らかだ。男性の方はテーブルに片肘をついて、面倒臭そうにタバコを吹かしている。よく見る光景だった。きっと別れ話をしているのだろう。そのつもりでここへ来たのか、ここへ来てからそういう話になったのかはわからないが、こんなカップルはごまんといる。

早速チャンス到来ね。

真子はそのカップルのテーブルに歩み寄った。体温が上昇するような感覚。緊張と高揚がない交ぜになった奇怪な感情に支配され、心臓が暴れ出しそうだ。

「コーヒーのお代わりはいかがですか？」

真子は明るく元気な声を張り上げて、満面の笑みを作った。あまりに大きな声だったためか、周囲の客の視線が真子とカップルに集まってくるのを感じた。

「コーヒーのお代わりだと？　そんなもんいらねえよ。見れば状況くらいわかるだろう。ナメてんのか、てめえ！」

男性客はテーブルを叩きつけて立ち上がった。こめかみに血管が浮き立っている。ただでさえ苛立っているところにこんなことをされたら怒って当然だ。実際、接客マニュアルでも痴話喧嘩や言い争いをして揉めている客に対しては、他の客に迷惑が掛からない程度であれば一切関わらず、できる限り話し掛けないようにするというものがある。

「お客様、申し訳ございません」

異変に気付いたのか、片桐がすぐにやってきて頭を下げた。切迫したような声を出し、悲壮な表情を浮かべている。しかし男性客の怒りは収まらなかった。今度は片桐に向かって怒鳴り始めた。女性客はテーブルの上に顔を伏せて、先ほどよりも激しく泣きじゃくっていた。彼女の気持ちもわかる。もう別れ話のことで泣いているのではないのだろう。こんな大騒ぎになってしまって、どうしていいかわからないから、泣くしかないのだろう。

男性客に対してひたすら頭を下げ続ける片桐を横目に、真子はその場をあとにした。口元が激しく緩むのを感じる。やっとひとつ、うまくいった。

「ちょっと真子、どうしちゃったのよ？　あのカップルの様子がおかしいことくらいアタシでもわかったよ。そこにコーヒーのお代わりを勧めちゃうなんて、真子らしくないよ」

厨房に戻ると、佐知が近寄ってきて怪訝な顔をして見せた。

「忙しいから、頭が回らなかっただけよ。こういうこともあるわよ」

真子のあっけらかんとした返事を聞いて、佐知はいっそう驚いているようだった。狐につままれたような顔をして、口を半開きにしている。真子はそんな佐知の脇を通り、再びホールに戻った。

「ちょっと！」

ひとつのテーブルの客が退店したので真子が空いた皿を下げようとすると、隣のテーブルから声が掛かった。真子がそちらに向かうと、中年の主婦が四人でテーブルを囲んでいた。平日のティータイムならよく見る光景だが、日曜日のランチタイムに主婦だけで四人というのは珍しい。四人とも、高そうなブランドものの服を着ている。近隣のマダムだろうか。

「私たち同じものを注文したんだけど、どうしてひとりだけ来ないのかしら？　忘れてるんじゃないの？」

四人組のひとりが唇を尖らせて不満を露にした。

真子はテーブルを眺めた。そしてすぐに状況を理解した。カルボナーラのスパゲッティーが三人の前にはすでに運ばれていたが、ひとりだけまだ来ていない。そのひとりに気遣ってか、三人はまだ料理に口をつけていない。おいしそうな料理を目の前にして食べられないというのは生殺しと一緒で、腹が空いていれば余計に頭に来るものだ。

「私たちは気遣って同じものを頼んだのよ。その方が調理なさる方も楽だと思って。それなのに酷いじゃないの」

別の主婦も突っかかってきた。真子からの謝罪が当然返ってくるものと信じて疑わない、傲慢な態度だ。真子はこの緊張感を嘲笑うかのように、冷たく微笑んでやった。

「それは同じものを四つもご注文なさったお客様が悪いんじゃないですか？」

真子は努めて無愛想に対応した。嫌気が差していることを伝えようと、わざとらしく溜息もついた。

「ちょっとあなた、何なのよ、その態度は。私たちはお客よ」

まだ料理が来ていない主婦がいきり立った。ひとりだけ料理が来ず、他の三人を待たせているという焦りもこの怒りの中に含まれているのだろう。

「こちらもいろいろ大変なんですよ。調理場ではひとりの担当する持ち場が決まってるんです。ですから同じものを注文されるとその者だけが忙しくなってしまいますし、それに一度に調理できる数にも限界があります。カルボナーラは三人分しか一度に作れないんです」

真子はテーブルの上を指さして言った。もちろん、仏頂面を作ることも怠らなかった。

「そんなのそっちの勝手な都合でしょう。それを棚に上げて私たちのせいにするつもり？」

とうとう四人ともが席を立ち、それぞれ勝手なことを言い始めた。

「そんなに早く食べたければ、カレーにすればよかったのに。カレーはレトルトだから、すぐにできますよ。袋を鍋で温めて、それをソースポットに入れるだけですから」

「いい加減にしてよ。店長を呼びなさい。こんなに嫌な思いをした店はないわ。早く店長を呼びなさい！」

ヒステリックな声を上げて叫びだした主婦は、バンバンと音を立ててテーブルを叩いている。

「真子、何してんのよ！」

片桐よりも先に佐知が駆け寄ってきた。佐知は真子の腕を取って、とりあえずこの場から引き離そうとしている。珍しく佐知は顔を引きつらせている。焦っているようだ。

直後に、片桐がやってきたので、真子はこのまま佐知に手を引かれて、厨房に連れていかれた。

「いったいどうしちゃったのよ？　あんなこと言っちゃだめじゃん。今日の真子、何かおかしいよ」

佐知は険しい顔つきで訴えてきた。細長くカットした眉をつり上げ、黄色い前歯を剝き出しにしている。一ヵ月くらい前にこんな場面があったとすれば、真子と佐知の立場は完全に逆だったはずだ。

「料理が来るのが遅いって言われたから、私は理由を説明しただけだよ」

真子は平然と言い放った。わざわざ笑顔を作るのも面倒臭い。だからマネキンのような無表情になっていると思う。

厨房のスタッフたちも異変に気付いたようで、真子たちの様子を窺っている。しかし忙しい最中なので声を掛けてくる者はいなかった。

「忙しいみたいだから戻らないと」

真子は佐知の腕を振りほどき、さっさとホールへ向かった。片桐と女性客たちの悶着は落ち着いたらしい。というよりもすでに女性客たちの姿はなかった。怒って帰ったのだろう。

「塩出さん、ちょっと」

片桐は真子の姿を見つけるなり駆け寄ってきた。真子を追い回していた時の、にやついた表情はない。叱責《しっせき》するような目つきで、真っ直ぐ真子を見つめている。

怒るつもり？　どんな顔をして怒るんだろう？

真子の背筋に、ワクワクするような戦慄が走った。

「ちょっとお客様、困ります」

眉間に縦筋を刻んだ片桐が、真子の前に歩み寄ると同時に、入口の方から女子アルバイトの切羽詰まったような声が聞こえてきた。片桐がそちらに気を取られたようだったので、真子も目を凝らした。

えっ、まさかあの人たち……。

真子は我が目を疑った。隣に立つ片桐は口をポカンと開けて呆然としていた。怯えているようにも見える。周りの客たちも啞然としていた。先ほどまで賑わいを見せていた店舗は、暴風が突然吹き止んだかのように静まりかえった。

「早《はよ》お、席用意しいや」

ざっと見ただけで一〇人はいる団体客の一人が、空気を切り裂くような凄味のある声を発した。入口には先に待っていた客がいるというのに、気にせずその団体客はホールの中央に歩み寄っている。一応は制止した女子アルバイトも、これ以上は止める気もないらしい。顔は青ざめ、足を震わせて立ち尽くしている。先に待っていた客も誰ひとり文句を言う者はいない。それどころかすでに帰り始めている。それもそのはずだ。団体客は誰がどう見ても堅気の人間ではない。派手な柄シャツをだらしなく羽織り、趣味の悪いサングラスを掛けている。そんなチンピラ風の男たちに守られるようにして、さらに風格のある男二、三人があとから歩いてくる。こちらは本物のヤクザだろう。

「早う、席空けろや」

先頭を歩く若手の男は一般客にも因縁をつけ始めた。噂には聞いていたが、真子は実際にこんな光景を目にするのは初めてだった。この手の人たちがファミリーレストランになんて来るはずがないと思っていた真子だが、実は意外とよく来るとパートの主婦から聞いたことがある。平日の昼にベンツを何台も連ねて駐車場に入ってくるらしい。しかしまさか、日曜日のランチタイムに来るとは夢にも思わなかった。

片桐は体を震わせて、そちらへ向かっていった。立場上見て見ぬ振りをするわけにはいかないのだろうが、足取りはふらふらと蛇行しておぼつかなかった。

もしかしたら、これもチャンスかも。

そうは思いつつも、今回ばかりはさすがに恐怖心がこみ上げてきた。しかしそれよりも、やらなければならないという妙な義務感が大きくなっていた。そしてそれは好奇心のような高揚も伴っていた。

重たい足取りで歩を進める片桐を追い越し、真子はヤクザたちの元へ向かった。視界の端に、ホールの様子が映る。客や他の店員たちは皆、萎縮したように顔を伏せている。

真子はヤクザたちの真っ正面で立ち止まった。近くで見ると、さすがに迫力がある。歯の根が震え、カタカタと音を立て始めたので、真子は慌てて奥歯を噛みしめた。

「ちょっとあなたたち、先に順番を待ってる人たちがいるのに、何やってるのよ。大人のくせに、そんな常識もないのか！」

真子の声は非常によく通った。一オクターブ高い声が出てしまうのではないかと心配したが、大丈夫だった。大声を張り上げたことで、不思議と恐怖が和らぎ、代わりに血液が沸騰するような興奮が突き抜けた。

予期せぬ反撃に遭ったからか、ヤクザたちは一瞬戸惑いを見せたが、すぐに真子を睨みつけてきた。

「姉ちゃん、いい度胸してんな」

妙に抑揚に乏しい、押し殺したような口調。太い眉を寄せ、眉間に縦皺を刻んだヤクザの一人が歩み寄ってきた。近付けば近付くほど、貫禄を感じる。睨みをきかされただけで真子の手足は震えだした。心臓から送り出される血液の音が聞こえてきそうだった。

「きゃあ！　店長、助けて！」

真子は身を翻し、後方に佇む片桐の元へ駆け寄った。そしてその背中に身を隠した。

「あんたが店長か？　従業員の教育がなってないんじゃないか？」

ヤクザは今にも摑みかかってきそうな剣幕で、片桐を威圧した。片桐の背中が傷ついた小鳥のように、小刻みに震えている。ヤクザは近くのテーブルから皿を摑み取って、床に叩きつけた。どうやら本気で怒ったようだ。

「け、け、警察を呼びますよ」

片桐は震える声で言った。棒のように硬直した姿勢のまま、後ろに倒れてきそうだ。そんな片桐の発言は火に油を注いだだけだったらしく、ヤクザたちは怒り狂ったように暴れ始めた。さすがにまずいと思った真子は厨房に走り、一一〇番通報した。受話器を握る手が汗ばんでいたが、嫌な緊張感ではない。

ちょっとやりすぎちゃったかな。

ホールの様子を窺うと、暴れるヤクザを片桐が必死に制していた。血色をなくした泥のような顔をして。

16

新百合ヶ丘の駅を出た真子は、近くにある郵便ポストに封書を放り込んだ。これは昨日から始めたことだった。手紙の内容はたいしたことではないが、毎日続けることに意味がある。二学期に入ってからは、アルバイトには週二回しか入っていないため、片桐に対する直接攻撃はあまりできない。だから真子は小さな攻撃を根気よく続けていた。

少しは追われる者の気持ちがわかってきたかな？

真子は額の汗をハンカチで拭いながら駅前を歩いた。今投函した手紙は、中身を見なければ送り主はわからない。片桐の自宅に宛てた手紙だから、大抵は専業主婦をしている妻の目に最初にとまるはずだ。それを予想して真子はあえて、封筒をかわいらしいものにしておいた。片桐の住所を調べるにはかなりの労力を要したが、これも楽しみながらやっているので苦痛には感じなかった。

その他にも様々な攻撃を仕掛けている。公衆電話から自宅に無言電話を掛けたり、メールも頻繁に入れている。メールに関しては、片桐はまだ返信をしてくる余裕を見せている。

さてと、今日はいつもと違った攻撃をしてあげますからね。楽しみにしててくださいね。

真子は胸を躍らせて歩いていた。見上げると、空の色は真夏の紺碧から、薄い水色に変わりつつあった。とはいえ、暑さはいっこうに引こうとしない。しかし不快な感じはしない。熱せられた空気が、真子の心をより熱くしてくれるようで気持ちがいい。

自転車は駐輪場に置いたままにしてある。駅から歩いてもたいした距離ではなさそうだったし、それに地図を見ながら自転車で移動するのも困難だ。ただでさえ真子は地図を見ることには慣れていなかったのでなおさらだった。

住所はわかっていても、いざ地図を見ながら捜すというのは思いのほか大変だった。犯人を追いつめていく探偵の気分て、きっとこんな感じなんだろうな。

真子は重たくて大きな地図を広げながら、うきうきした気分で目的地を目指していた。こんな気持ちになったのは久し振りだった。いきなり押しかけた真子の姿を見て驚く片桐、それを想像しただけで心が弾む。

今日は片桐が休みであることは知っていた。シフト表は一週間ごとに発表されるので、向こう一週間の予定は把握している。しかし問題は、片桐の自宅の住所をどうやって知るかということだった。〈アスターシャ〉では社員の住所をアルバイトに公表していない。随分前に他店で、仕事中に社員に怒られたことを逆恨みしたアルバイトがその社員の家に押し掛け、放火しようとしたという事件が起きた。その結果、全社的にこの決定が下されたのだ。この話を店ですることはタブーだったが、おそらく知らない者はいない。話してはいけない話ほど話したくなるものなのだ。

そういうわけで、片桐の住所はアルバイトマネージャーである百恵に聞いてもわからなかった。しかし真子は諦めなかった。以前片桐との会話のなかで、彼の自宅が駅から南下した上麻生にあるということと、駅から徒歩で一〇分もかからないという情報を得ていた。そこで真子は書店で住宅地図を購入し、新百合ヶ丘駅近くの上麻生を虱潰しに調べて、片桐邸を発見した。発見した時は思わず歓喜の声を上げてしまった。住宅地図は一万円を超える代物だ。洋服以外でそんな高価な買い物をしたのは初めてだったが、決して高い買い物ではないと真子は思った。

あとはこの角を左に曲がって……。あった、あれだ！

真子は地図を横向きにしたり、逆さまにしたりしながらやっとのことで片桐の自宅に辿り着いた。表札の〝片桐〟の文字を見つけた真子はガッツポーズをして喜びを表した。最短距離で来れば八分ほどで辿り着いたと思われるが、真子は二〇分もかかってしまった。それがまた発見した時の喜びを倍増させた。

片桐の家は、見事な造りだった。白塗りの上品な家はその大きさから察するに、かなりの間取りを有していると思われる。公道から一段高い場所に建てられているため、玄関までは石段を上っていかなければならない。公道に面した石壁はガレージになっている。シャッターが閉まっているためその中の様子は確認できなかったが、車が二台は入ると思われるガレージだ。

真子は片桐邸をまじまじと見上げた。百恵の話では、片桐の妻の実家がそこそこの金持ちで、家や車は買い与えられたものだという話だった。あくまでパートの主婦の噂話ということだったが、どうやら信憑性はありそうだ。辺りを見渡せば、片桐の家に引けを取らない立派な家が立ち並んでいる。こんな高級住宅地に、片桐の力だけで家を構えることなどできないだろう。

奥さんの実家がお金持ちか。店長は、家庭では微妙な立場なのかな。

真子は石段を上がり、玄関の前に立った。地図を通学鞄の中に入れて庭を見渡すと、日本庭園を意識したと思われる和風造りの庭が広がっていた。真子の母親のささやかなガーデニングと比べると、少々成金趣味のような気もするが、それでも見事な庭だと思う。

呼び鈴を押すと、すぐに返事があった。片桐の妻だと思われる、女性にしては低い声がインターフォン越しに聞こえてきた。小型レンズがついているところを見ると、向こうには真子の顔が映し出されていることだろう。

「アスターシャでお世話になっております、アルバイトの塩出と申します」

真子はできるだけ丁寧な口調で言った。すると「ちょっと待ってね」と声が掛かり、二、三分待たされて玄関の扉が開いた。

片桐の妻は、長い髪にきつめのパーマをかけた、小柄な女性だった。細い目に太めの唇、そして厚化粧。お世辞にも美人とは言えない。服装は派手なものを好むらしく、黒地に金色のブランド名が入ったサマーセーターを着ている。自分に金を掛けているのがよくわかるが、はっきり言ってケバい。片桐よりも四歳下だと聞いていたので、二六歳ということになるが、三〇過ぎくらいに見える。

「塩出さん、どうしたの？」

　妻の後ろから顔を覗かせた片桐が、目を丸くして真子を見つめている。住所を知らないはずの真子が突然訪ねてきたのだから、それも当然だ。

　チノパンとポロシャツというラフな格好で立ち尽くす片桐を眺めながら、真子は熱い興奮が湧き起こるのを感じた。

「あなたも気が利かないわねえ。こんなところで立ち話をしててもしょうがないでしょう。さあ、入って入って」

　片桐の妻は夫に一瞥をくれてから、スリッパを用意してくれた。スリッパを履いた真子は遠慮することなく上がり込んだ。

　リビングルームに通された真子は、室内をまじまじと見渡した。何畳あるのかは見当もつかなかったが、無駄に広いわけではなく、ソファやテーブルなどの家具が絶妙に配置され、安らぎを感じられる空間となっている。フローリングの床に敷かれたワインレッドの絨毯は、真子の目から見ても高級品であることがわかった。本革のソファに腰を下ろすと、先ほどその一角が目に入った庭園の全貌が窓越しに見渡せる。それだけで充分豪華さを感じる空間だった。口調と態度から、片桐の妻はかなり大雑把な性格なのだろうと想像していたが、家のことはしっかりこなす女性のようだ。

真子が辺りを見渡していると、片桐の妻はグラスにジュースを入れて持ってきてくれた。

「この人がいつもお世話になってます。妻の尚美です。それにしても、お店の子が訪ねてくるなんて珍しいわね」

尚美は片桐の肩をポンと叩き、下膨れの笑みを見せた。そんな動作のひとつひとつが、尊大な印象を受ける。

「塩出真子です。お世話になってるのはこちらの方です」

片桐夫妻の様子を窺いながら、真子は頭を下げた。

「それで、今日はどうしたの？」

片桐の顔に翳りが宿った。不信と困惑が表情に貼りついている。やはり、妻や子供のいる自分の砦にいきなり現れた真子のことを、警戒しているのだろう。

その顔が見たかったのよね。そうでなきゃ、私がここへ来た意味がないものね。

「この前の日曜日の件を謝りたくて来たんです。店長にはご迷惑をお掛けしましたから。本当にすみませんでした」

真子はテーブルに頭がつきそうになるほど、深く頭を下げた。涙も流してみようかと思ったが、あまり大袈裟にやりすぎるとわざとらしくなってしまうのでやめておいた。

「日曜日の？　ああ、ヤクザの件かあ」

片桐は思い出したように頷いた。眉間に刻まれた深い皺は、不快な記憶を思い出していることを物語っている。まだ彼の中では整理がついていないことらしい。

結局あのあとは、警察を介入させたことによって騒ぎは収まった。幸い客にも従業員にも怪我人は出なかったからよかったが、ヤクザの何人かは器物損壊の現行犯で逮捕された。片桐は店舗責任者として事情聴取を受ける羽目になり、それから毎日のように警察署に足を運んでいるらしい。本社からも相当お叱りを受けたようで、肩を落として始末書を書く片桐の姿を見たとアルバイト仲間から聞いていた。

「ヤクザって何のこと？」

真子たちの話を聞いていた尚美が、片桐の顔を覗き込むようにして聞いた。彼女の目には、強く興味を持ったような光が宿っていた。

ひょっとして、奥さんに話してないの？　何でも話し合える夫婦じゃないのかな。

尚美に問われた片桐は、酸っぱいものを舐めたような顔を見せ、仕方なくといった感じであの日の一件を語り始めた。真子も時折相槌を打ち、状況を尚美に伝えた。

「そんなことがあったの……。でもあなた、何で私に話さなかったのよ？」

尚美は不機嫌そうに顔を歪めた。それに対して片桐は「すまない」と言って、情けない顔で頭を下げるだけだった。どうやら片桐は尚美に頭が上がらないようだ。

「それにしても、塩出さんは勇気があるわね。あなたがしたことは間違ってなんかないわよ。正しいことをしたんだから謝る必要なんてないわよ。もっと堂々としてるべきよ」

尚美は笑顔を見せ、真子の背中をポンポン叩いて称賛してくれた。褒められるためにしたことではないので、真子としては何とも複雑な心境だった。

「パパ！　ママ！」

突然、リビングルームに甲高い子供の声が響いた。三つ編みにしたお下げ髪がとてもよく似合う、かわいらしい少女が姿を現した。

「枝里香、お昼寝してたんじゃなかったの？」

駆け寄ってくる枝里香を抱きかかえながら、尚美が言った。尚美の表情は温かい陽光を浴びたように明るくなった。子供がかわいくて仕方がないのだろう。

どちらかというと片桐に似たのだろうか、枝里香は細い体つきをしている。しかし顔はどちらにも似ていない。愛らしい、くりくりとした目が印象的な枝里香は、赤いスカートと薄い黄色のプリントTシャツがよく似合っている。

「もう起きちゃったの。この人だあれ？」

枝里香は真子のことを指さし、興味深そうに見つめていた。

「こら、人に指さしちゃだめでしょ。お姉さんにちゃんとご挨拶しなさい」

「片桐枝里香です。四歳です」

尚美から注意を受けると、枝里香は右手の指を不器用に四本立てて、元気よく挨拶した。

「こんにちは。塩出真子です」

真子が微笑みを返すと、枝里香は尚美から離れて嬉しそうに飛び跳ねた。たったこれだけの会話でも枝里香は真子のことを気に入ってくれたらしく、真子の隣に来た。ソファにしがみつきながらよじ登るようにして真子の隣の席に着いた枝里香は、嬉しそうにセーラー服を引っ張っている。

「珍しいわね。枝里香が人見知りしないなんて」

尚美はその様子を眺めながら、驚きの表情を浮かべていた。人見知りどころか、枝里香は真子の腕やスカートを引っ張り、積極的に気を引こうとしている。真子が枝里香の頭を撫でてやると、嬉しそうに笑っている。

こんなほのぼのとした光景をただひとり、片桐だけは落ち着かなそうに視線を宙にさまよわせ、片足で貧乏揺すりをしていた。

店長ったら、そんな顔しちゃってどうしたのよ。枝里香ちゃんが私になついてるのが不満なの？　でもこれは、予定外の収穫ってやつね。

異様な興奮が、抑えても抑えても湧き上がってきた。

17

「何なんですか、これは？」

五明は調理台の上と片桐の顔を交互に見つめながら、素っ頓狂な声を出した。幽霊でも目撃したかのように、顔半分が引きつり気味になっている。

「食べてもいいぞ」

片桐は苦笑するしかなかった。深夜の一時半。厨房には片桐と五明の姿しかなかった。アルバイトたちは随分前に帰宅していた。

「まさかこれを食わすためだけに俺を呼んだんじゃないでしょうね？　だったら帰りますよ。これから女の家に行く約束をしてるんですよ。俺も何かと忙しいんですから」

五明は頭を掻きむしりながら、顔をしかめた。彼は、今日はアルバイトには入っていなかった。一時間ほど前に片桐が連絡をして、こうして来てもらったのだ。彼は細身のグレーのパンツに黒い半袖シャツというモード系の格好をしているが、おそらく外へ出れば寒さを感じることだろう。朝晩は涼しさを通り越して寒さを感じるようになった。一〇月を目前にして、季節は一気に秋めいてきた。

「バイトたちにも食べさせてやったんだけど、こんなには食えないって言うから」

「当たり前ですよ。いったいどうしたんですか、この料理は？」

物音ひとつしない厨房の調理台の上には、様々な料理が置かれている。まるでビュッフェ式のパーティーテーブルのようだ。

「彼女のオーダーミスのせいだよ。おかげでこの通り」

片桐は両手を上げて〝お手上げ〟の意を表した。全身を虚脱感が襲い、勝手に溜息がこぼれてくる。

「彼女って真子のことですか？　嘘でしょう。あいつはひとつひとつの仕事を、きっちりこなす奴ですよ。こんなくだらないミスはしませんよ」

五明は信じられないとばかりに、笑い飛ばした。片桐だってそんなことくらい、五明に言われなくてもわかっていた。真子は仕事ができる。特に高校生の中ではずば抜けている。その真子が最近は常識では考えられないようなことをしでかしている。そしてそれは仕事という枠をも超え始めていた。

いったい彼女は、どうしちゃったんだよ？

何度も自問したが答えは導き出せなかった。だからこそ、こうして五明を呼んだのだ。

「まさかわざとやらかしてるんじゃ？　店長と真子はどうなってるんですか？　何かあったんですか？　もしかして無理矢理ヤッちゃったとか？　それはまずいですよ。そういうことはクールに決めないと」

五明らしい発想だが、そんなことではない。自分の手足は、鉛でできているかのように重く、冷たくなっていた。

五明は表情を硬くし、探るような目つきをして片桐の顔を覗き込んできた。少しは片桐の心情が伝わったらしい。

片桐はジャケットの内ポケットからタバコを取り出し、一本口にして火をつけた。それから五明にも差し出し、一服するよう促した。もちろん厨房内は禁煙だが、タバコの一本でも吸わなければ冷静に話ができそうにない。

「最近、彼女の様子がおかしいんだよ。妙に積極的というか……」

片桐は煙を吐き出した。吐息に溜息が混じっていた。

「それなら前にも聞きましたよ。こっちからメールを入れなくても、向こうから入れてきてくれるんですよね？　それに頼られてる気がするって、店長は喜んでたじゃないですか」

五明は話の主旨が摑めていないらしく、怪訝そうな表情を浮かべていた。

「たしかに嬉しかったよ。こっちから必死にアプローチしてもなかなかいい反応が返ってこなかった時に、急にそんなふうになったわけだし、嬉しくてたまらなかったよ。でも最近は違うんだ。積極的すぎるっていうか、何ていうか……。前に俺がやってたようなこと、いや、それ以上のことをしてくるんだ」

片桐はこれまでの出来事を思い出しながら語った。真っ暗な底なし沼に飲み込まれていくような、深い喪失感が湧き起こる。ふと手元を見ると、タバコの灰が落ちそうになっていたので、近くにあった味噌汁用のお椀を灰皿代わりにした。

「真子に何かされたんですか？」

やっと五明もまともに話を聞く姿勢を見せてくれた。口調がトーンダウンしている。

「メールは相変わらずだし、それに加えて自宅に手紙が送られてきたり、無言電話がかかってくるようになったんだ。手紙を見つけるのも電話に出るのも尚美だから、俺の浮気を疑い始めたみたいだよ。自宅の電話は夜間は線を抜いて鳴らないようにしてるんだけど、そしたら今度は店にもかかってくるようになった。若い女性の声で俺を呼び出すらしいんだけど、電話に出た時には切れてるんだ。店の電話じゃ出ないわけにもいかないし……」

「それ本当に、真子がやってるんですか？」

五明は疑うような目をして聞いてきた。彼の気持ちもよくわかる。自分だって信じられないし、信じたくはない。

語るにつれ、胸への強い圧迫が肋骨をきしませる。このまま意識を失うことができたら、どんなに楽だろうか。

「ここ最近店で起こってることは、おまえだって知ってるよな？　ヤクザの件もそうだし、最近起こった事件は全部彼女が発端なんだぞ。それも俺がいる時を狙ったかのように……」

思い出せば思い出すほど悪寒を感じた。特にヤクザの件は忘れたくても忘れられない。警察の事情聴取は何度も同じことを聞かれ、うんざりした。本社の様々な部署から説教を聞かされ、精神的にも疲労した。幸い始末書だけで済んだが、一歩間違えれば降格や減給処分を受け、二度と出世街道には戻れない羽目になっていたかもしれない。

「かわいいもんじゃないですか。好きな男の気を引こうとしてやってるんですよ。こんなのよくあることですよ。惚れられた男の運命《さだめ》ってやつですかね」

真剣に話を聞いてくれていると思った五明が、からかうような口調で言ってきた。

片桐は頭に血が上った。

「ふざけるな！　こっちの身にもなってみろ。本社からもプレッシャーをかけられてるんだ。もう少しで彼女を辞めさせなきゃならなかったところなんだぞ」

片桐は調理台を叩きつけて怒りを表したが、その怒りはすぐに冷め、意気消沈した。

あとに残ったのは、右の拳のじんとする痛みだけだった。体の奥底から、疲労が滲み出してくるのを感じる。

「ちょうどいいじゃないですか。真子の方もその気があるみたいだし、適当に遊んで辞めさせちゃえばいいじゃないですか」

片桐の感情の変化を目にしても、五明はまったく動じていないようだった。それどころか、酷薄な笑みを浮かべている。

「ちゃんと話を聞いてくれよ。俺は怖いんだよ。ないがしろにしたら彼女は何をするかわからない。現にもう家にまで押し掛けてきてるんだぞ。娘の枝里香も彼女になついてたし、とにかく嫌な予感がするんだ」

片桐は正直な思いを口にした。思い出すだけで背筋に冷たいものが走る。まるで雪山に一人取り残されたかのような、悪寒と孤独感を感じる。

「こう言っちゃなんですけど、店長は遊び人にはなれないですね。初めからこんな火遊びをしない方がよかったんですよ。こういうのって向いてる男と向いてない男がいるんですけど、店長は向いてないみたいですね。手を引くことをお勧めしますよ」

五明は取り澄ました表情で言った。そのふてぶてしい態度が腹立たしい。

けしかけたのはおまえだろ。ふざけやがって。

恐怖から来る怒りの矛先が五明に向けられた。

彼は調理台の上のポテトフライをひとつ摘み、従業員出入口に向かって歩き出した。

「それじゃあ、俺は帰ります。これから女といろいろ話すことがあるんで。もしかしたら本当に車を買ってもらえるかもしれないんですよ。でもこれであの女と別れにくくなっちゃったな」

五明は軽い口調でそう言い、気取った足取りで出ていった。非常に不愉快な、軽快な笑い声を残して。

彼が開けた出入口の扉から秋風が忍び込み、片桐の身を冷やした。心までもが凍てつきそうだ。

興味をなくしたことには、関わるつもりなしか。ふざけるな、俺はおまえのせいで……。

厨房に忍び込んだ涼しすぎる夜風が、片桐の強張った頬を撫でていった。

18

百恵の部屋の居心地の悪さは相変わらずだった。真子は開け放たれた窓の傍に腰を下ろしたが、じめじめとした空気が肌にまとわりつき、不快感しか感じなかった。夕方の五時を回り、日は西に傾き掛けていたが、この時間ではまだ蒸し暑さが残っている。あと一時間もすれば日が沈み、寒さを伴う風が吹きつけるのだが、それまで我慢しなければならないかと思うと、真子は脱力せずにはいられなかった。

真子は学校帰りに百恵の部屋を訪れた。三日ほど前から約束をしていたことだった。百恵に近況を報告するために訪れたのだが、百恵の方が気にして連絡をしてきてくれた。真子としては不具合が生じた時に百恵を頼りにしようと思っていたので、今のところはまだ相談をする段階ではなかったが、せっかく百恵が気に掛けてくれたので最近の成功談を話そうと思っていた。

「真子ちゃん、お化粧するようになったんだ？　香水もつけてるみたいだし、それに髪型も」

ウーロン茶が入ったグラスを運んでくる百恵が、大きな目を細めて、何かを窺うように見つめてくる。その目の奥に、氷のように尖った光が宿っている。彼女は学校から帰ってきたばかりのようで、今日もグレーのパンツスーツを着ていた。

そんな目をしてどうしちゃったんだろう？　でも気付いてくれて嬉しいな。それだけ私が輝いてるってことかな。

「シャドウとマスカラ程度ですよ。髪は、普段もポニーテールにすることにしました。前髪でおでこを隠すのもやめて、アップにしたんです。あとこれも見てください。制服のスカートを少しだけ短くしたんです」

真子は立ち上がって、スカートの裾を摘んでみせた。

「よく似合ってるわよ。それに何だか、生き生きして見える。いろんなことがうまくいってるってことかな？」

百恵はグラスをテーブルの上に置きながら言った。しかしその顔には、いつもの優しい笑みではなく、不信の色が宿っていた。

ひょっとしたら、きれいになった私に嫉妬してるのかな。百恵さんみたいな美人に嫉妬されるなんて光栄ね。

「お陰様でうまくいってます。私の攻撃の効果があったみたいで、店長からの電話やメールはぱったりなくなりました」

真子は自慢気に語った。自然と自分の口調が熱を帯びる。ここまで完璧に事が運ぶとは思っていなかったので、効果が手に取るようにわかるようになってからはおもしろくてしょうがない。何もかもが自分の思い通りになっているようで心が弾む。元々は百恵のアドバイスで始めたことだが、たぶん自分には才能がある。相手の心を掴む才覚が先天的に備わっている。そんな風に思うようになっていた。

真子は自分がこれまでにしてきたことと、それらに対する片桐の反応を事細かに伝えた。百恵は興味深そうに聞いてくれた。彼女は非常に聞き上手で、時々相槌を入れてくれたりするので、真子はとても話しやすかった。時々百恵が眉を曇らせ、険しい表情を見せるのが気になったが、それでも真子は気持ちよくすべてを語り尽くすことができた。

「真子ちゃんもやるわね。私が指示した以上のことを実践してるじゃない。それじゃあ店長も痛い思いをしたでしょうね。心理学的に見ても、実に的を射た攻撃だと思うわ。職場は逃げようのない場所だから、そこでの攻撃は効くわよ。家庭は守るべき場所だからとても敏感になるしね。そこへ踏み込んでいったんじゃ、店長はひとたまりもないわね。どうやら真子ちゃんの勝ちね」

百恵はウーロン茶をストローですすってから、一息ついた。その口調は穏やかだったが、表情は彫刻のように硬い。やはり何かを窺っているようだ。

「ちょっと待ってください。勝ちって何ですか？　まだ何も終わってませんよ。これからが大事な時なのに」

　真子は首を傾げた。自分の眉が吊り上がっているのがわかる。百恵の言っている意味がまったく理解できなかった。

「だってもう店長のストーキングはなくなったんでしょう？　充分に効果はあったじゃない」

　百恵の表情に、奇妙な影がさざ波のように走った。今日の彼女はよくわからない。

「あと一歩で店長を追いつめられるんですよ。それなのに何で百恵さんは、もうすべてが終わったような言い方をするんですか？」

　真子は語気を強め、訴えかけるように言った。そんな真子を見て、百恵は表情を強ばらせて、一つ首を振ってから席を立った。そして真子の目の前に腰を下ろした。

「真子ちゃん、あなたは今とても危険な状態よ。あなたの目的は店長のストーキングをやめさせることだったはずでしょう？　そのための手段としてあなた自らが店長のストーキングをして、やられる側の気持ちをわからせようとしたのよね？　そして見事に目的は達成された。だったらこれですべてが終了のはずでしょう？　それなのにあなたはストーキング行為自体に喜びを見つけ出してしまい、本来の趣旨とは異なる目的で動いているわ」

百恵は真子の手を握り、諭してきた。まるで出来の悪い生徒に教えているかのように、噛んで含めるような喋り方だ。

何言ってるのよ。元はといえば百恵さんが命令したことじゃない。私はそれを実行しただけなのに。それなのに何で私が責められなきゃならないのよ。自分の責任を人に押しつけないでよ。

真子は胸がむかむかしてきた。首筋の辺りの皮膚が、異様にむず痒い。それでも百恵の話は続いていた。

「それに私は言ったはずよ。店長を困らせるのが目的だけど、できる限り他の人は巻き込まないようにって。これで終わりにするならあえて言うつもりはなかったんだけど、今の真子ちゃんは言わないとわからないみたいだからはっきり言うわ。仕事中にわざとオーダーミスをしたでしょう？　それで困るのは店長だけじゃないわよね？無駄な料理を作らされた厨房の人たちだって迷惑するし、それを片付ける人も余計な労力を使うことになる。ヤクザの件だって、あれはいくらなんでもやりすぎよ」

もはや百恵の発言は叱責だった。失礼なまでに懐疑的な視線を送ってくる。なぜ自分が責められなければならないのか、まったくわからない。

真子は次第に苛立ちが増していった。百恵の発言は納得のいかないことばかりで頭に来る。それらが百恵の部屋の異様な湿気の不快感と相乗して、真子は耐えられなくなった。

「もういいです！」

真子は声を荒げた。百恵の手を振り払い、傍らに置いてあった通学鞄を手にとって立ち上がった。

「真子ちゃん、これだけ聞いて」

百恵は再び真子の手を取った。彼女は青白い顔に苦悶の色を浮かべて見つめてくる。真子は煩わしさしか感じず、すぐにでも振り払いたかったが、百恵は勝手に語り始めた。

「ストーカーは自分の仕掛けた罠に対象者が陥るのを見ることで満足感を得るの。対象者に電話を掛けたり、メールを打ったり、手紙を出したりしてその反応を見て楽しむのよ。対象者が怯える姿を見て快感を覚えるのよ。対象者の生活に自分が多大な影響を及ぼしていることに喜びを感じるのよ。今の真子ちゃんがやってることはまさにそれ。お化粧をしたり、服装や髪型を変えることも、危険信号のひとつよ。心理学的に見ると、髪の毛で顔を覆っている面積が広ければ広いほど、その人は自分に自信がないってことなの。もちろん自信を持つことはいいことだけど、今の真子ちゃんの自信は間違った自信よ。心理学的に——」

「うるさいよ！　心理学、心理学って、そんなんで私を分析しないでよ！」

もう我慢の限界だった。息が詰まり、頭の中が真っ赤に熱く染まっている。これ以上百恵の戯言に付き合う義務はない。

真子は強引に百恵の手を振り払い、部屋をあとにした。

「何なのよ、偉そうに。散々私に指図しといて。心理学の勉強をしてるだとか、カウンセラーの卵だとか言っておいて、ただ単に説教したいだけじゃない。冗談じゃないよ」

真子は誰もいない公道に向かって、吐き捨てるように言った。そして自転車のかごに通学鞄を放り込むと、勢いよく飛び乗った。いつもよりも激しくペダルをこぎ、上半身を揺らして走った。夕焼けが広がる秋空からは想像もつかない、じめじめとした空気が真子を襲った。

誰が何と言おうと私はやめないわよ。店長の生活は私が握ってるんだから。私の行動のひとつひとつが、彼を一喜一憂させるんだ。こんなに楽しいことはないわ。

真子は口元を緩ませながら、夕焼け空の下を快走した。次第に速くなる自転車のスピードに比例するかのように、鼓動が高鳴る。

大好きな私から積極的にアプローチされてるんだから幸せよね？　そうだ、私はいいことをしてるんだ。きっと彼は喜んでる。そうに違いない。

えもいわれぬ多幸感が、真子の全身に広がっていった。

19

九月も終わりを告げようとしているのに、昼間は相変わらず暑い日が続いていた。朝晩の冷え込みとの温度差が激しいため、片桐は体調を崩さぬよう規則正しい生活を心掛けていたが、真子からの様々な攻撃によって眠れぬ日々が続いていた。

ランチタイムを終えた店内は、一気に静寂を取り戻す。大学生の夏休みも終わり、いつまでも長居する客の数は減った。これからの時間、ホールは主婦の井戸端会議場となるのだが、夏休み中のような慌ただしさはまったく感じられない。従業員も主婦のパートばかりだ。学生アルバイトの姿は見られなくなった。例年ならば残念な思いに駆られる片桐だったが、今年はほっとしていた。主婦のパートとは仕事がやりやすい。おかげで今日も時間通り休憩に出られそうだ。片桐はホールを一周し、客や店舗設備に異常がないことを確認してから休憩に出ようとした。

「店長、今日は陽射しが強いので客席のロールカーテンを早めに閉めようと思うのですが」

パートのひとりが片桐に歩み寄ってきた。片桐は「そうしてください」と笑顔で答えた。学生アルバイトたちと違って主婦は気が利く。いちいち指示を与えなくても自分たちで考えて行動してくれる。時には片桐でも気が付かないことを、何気なくやってのけたりもするのだ。落ち着きを求めたい時には、主婦のパートとともに仕事をするに限る。

「店長、休憩時間ですよ。お店はこのまま落ち着きそうですし、休憩に出てください」

別のパートが声を掛けてきた。こういう気遣いができるのも主婦ならではだ。

「それじゃあ休憩に出させてもらいます」

ふと窓の外を眺めると、駐車場に白いクラウンが止まり、ふたりの男が車から降りてくるのが見えた。ふたりともスーツを着込んだ中年男だ。ひとりは片桐のよく知る男だった。巨漢という表現がよく似合う、悪人面をした男、このエリアを統括する地区長だ。年齢は四〇歳だと聞いていたが、五〇過ぎの貫禄がある。地区長というのは、この辺りの一〇店舗ほどを管理する〈アスターシャ〉本社の人間だ。月に二、三度抜き打ちで店を訪れ、店舗運営の状態をチェックするのが彼の仕事のひとつだ。アルバイトの接客から、最近の売り上げ状況まで事細かにチェックし、店長をはじめとする社員マネージャーを叱咤する。そのチェック振りは嫁を観察する姑のようにいやらしく、エリアの店長たちは皆、この地区長を恐れていた。

ああ、面倒臭い。これで俺の休憩もなしだな。お小言を聞かされて休憩時間が終わるよ。

片桐は溜息をついた。身長が一〇センチくらい縮んでしまったかのように、肩を落としている自分に気付く。

窓の外では、地区長たちが店舗の入口に向かって歩を進めていた。厄介事が近付いてくる。それにしても、もうひとりの男は誰なのだろうか。本社の人間だろうか。

地区長の横に控えている小柄な男は、見覚えがなかった。歳は地区長と同じくらいだろう。しかし顔つきは優しく、穏やかな感じがする。

しょうがない。挨拶に行くか。

片桐は席を外す旨を近くにいたパートの主婦に告げ、重たい足を引きずるようにして地区長の元へ向かった。エレベーターが降下するように、急速にテンションが落ちていく。ちょうど入口の扉のところで、彼らと鉢合わせする形になった。

「地区長、お疲れ様です」

片桐は努めて表情を引き締め、一礼をした。地区長に何を言われるかという不安が急激に増幅し、全身が硬直するのを感じた。

「片桐くん、ホールで話をしよう」

地区長は眉ひとつ動かさずにそう言うと、それ以上は何も告げずに歩き出した。隣の小柄な中年男は自己紹介もせずに、地区長とともに店の中へ入っていった。

いつもならスタッフルームで話をするはずなのに、わざわざ空いているホールを選ぶというのはなぜだろうか。他の社員にも聞かれたくない話なのか、それとも単なる茶飲み話なのか。頭の中で加速度的に疑念が広がり、いっそう不安に駆られた。

ホールに足を踏み入れると、先ほどまでは心地好かった冷房のきいた空間が、凍てつくような悪寒を感じる場所に変わっていた。極寒の地に迷い込んだかのような錯覚すら覚える。

「アイスコーヒーでよろしいですか？」

地区長と小柄な男は、喫煙席の一番奥のテーブルに腰を下ろした。片桐はふたりにドリンクを用意しようとしたが、地区長は「いや、結構」と片手を上げて制した。これで茶飲み話の可能性はなくなった。足下から冷気のように不安が這い上がってくるのを感じる。

「あのう、お話というのは？」

片桐はふたりの正面に座りながら尋ねた。自分の声がかすれていることに気付いた。

「その前に自己紹介をさせてください。私、本社お客様相談室の山田と申します」

山田は小声でそう告げると、テーブルの上に名刺を差し出した。

お客様相談室？　どういうことだよ……。

片桐は差し出された名刺を受け取り、まじまじと眺めた。お客様相談室とはその名の通り、顧客の様々な要望を聞く部署なのだが、相談とは名ばかりで実際はクレームの受け付け及び処理を担当している。とはいっても本社がクレーム処理に乗り出す時はよほどの場合だ。客のクレームは基本的には店舗が処理する。クレームと一口に言ってもその種類は様々で、料理に関するものから従業員の接客態度に至るまでありとあらゆる種類がある。最も多いクレームは料理に髪の毛が入っていたというような〝異物混入〟で、これは頻繁に受けるクレームだ。この場合は新しい料理を作り直すか、代金を頂かないという方法で対応する。

「先月の食中毒の件は憶えてるよな？」

地区長はあたりを気にしながら声を潜めた。周りの席には誰もいなかったが、地区長はそういう態度を示すことで事の重大さを伝えているのだろう。

「あれは本社対応になったはずでは？」

片桐は聞き返した。もちろんその件はよく憶えていた。客からの第一報を受けたのが片桐自身だったからだ。ある夜、女性のヒステリックな声で店に電話がかかってきた。ランチタイムにこの店で食事をして腹が痛くなったと訴えてきたのだ。女性は食中毒だと主張したが、片桐は冷静に対応した。この手のクレームには慣れていたからだ。食中毒を訴えてくる客はかなりの数に上る。そしてこの半数以上が、うまくすれば金をせしめることができるかもしれないと考える悪意を持った人間だ。しかし〈アスターシャ〉ほどの大企業がそう簡単に非を認め、金を払ったりするはずがない。この手のクレームを受けた場合は即答はせず、調査をする旨を伝える。その上で保健所に連絡し、同様の訴えが寄せられていないかを聞く。要は同じ症状を訴えている客がいなければ、食中毒を訴えている客の腹痛の原因と店舗との因果関係は認められないと判断するわけだ。もっとわかりやすく言えば、〝同じものを食べた人がいるのに、あなただけが腹痛を起こすわけがない。だから店には責任がない〟という理論だ。もちろんこれを伝える際は慎重に言葉を選ぶのだが、大抵の客はこれで納得してくれる。ところが今回の客はまったく納得せず、何度も店舗に電話をかけてきたので対応を本社に委ねることにしたのだ。

「最初はまったく聞く耳を持っていただけなかったのですが、何度もお客様のお宅に伺ってお話をさせていただくうちに、やっとご理解を示していただいて、その矢先のことなんです」

山田は顔をしかめ、歯痛を堪えるような渋面を見せた。クレーム処理に慣れている男だけに、これまでは笑顔を保ち、優しい口調で話をすることを心掛けているようだったが、この瞬間からそんな雰囲気は消え去った。

「これを見てください」

山田は怒気のこもった口調でそう言うと、テーブルの上に一枚の用紙を置いた。片桐は緊張しながらその用紙を手に取った。ファックス用紙特有のつるつるとした感触が両手に伝わり、そして片桐は息を飲んだ。

〈勝手に腹をこわしたくせに店のせいにするな！　どうせ道に落ちてたものでも拾って食ったんだろう。バカヤロー！〉

「何ですか、これは……」

片桐は用紙に目を落としたまま呟いた。手が震え、握ったファックス用紙がぱさぱさと音を立てている。声も震えていたが、どうにもならない。片桐は顔から血の気が引くのを感じた。

「お客様のご自宅に送られてきたファックスです。昨日送られてきたそうです」

山田は深く溜息をついた。脱力して怒りすら表せないといった感じだ。その隣の地区長も同じような表情を浮かべていた。体力も気力も消耗したというように、目の下に隈ができている。

「いったい誰が？」

「送信元の番号を調べたら、都心のコンビニから発信されたものだということがわかりましたが、発信者は特定できていません。ひとつだけ言えることは、発信者は本件を知っている人間ということになります」

　山田の黒い瞳の奥で、強い思いがチラチラと燃えているのがわかった。再び怒りがこみ上げてきたらしい。厄介なクレーマーを担当し、やっとのことで解決できるというところまで来ていた矢先にこんなことが起こったのだから、その怒りは半端ではないはずだ。

「お客様は激怒していらっしゃる。法的手段に出るともおっしゃっている。今回の食中毒の件で訴えを起こされても絶対に負けることはないが、少なくとも会社の信用に傷は付く。片桐くん、このファックスを送った者に心当たりはないか？　こんな事態の再発を防ぐためにも犯人の目星をつけなければならないんだ」

　これまで沈黙を守ってきた地区長が凄味を見せた。その硬い表情と、憎悪のこもった視線に片桐はたじろいだ。テーブルの下で、膝が笑っている。無意識のうちに貧乏揺すりをしていた。

　心当たり……。

　片桐は腕を組んで考える素振りを見せた。この手の話は本来ならばマネージャークラスにしか伝わらない話だ。しかしアルバイトにもマネージャーはいるわけで、彼らはどこで誰と話をしているかわからない。そう考えるとパート、アルバイトたちは誰でもこの件を知ることができたはずだ。しかも店舗の電話の横にはメモ用のノートが常備されている。そこには走り書きでクレームの内容と、先方の名前と連絡先を書き込んだりもする。犯人がそのノートを見て相手の連絡先を知ったことは間違いないだろう。

とうとうこんなことまで……。

人の苦しみを嘲笑うかのような、底知れぬ悪意を感じる。片桐は心臓を冷たい手で摑まれたかのような感覚に襲われた。

「思い当たることはありません」

片桐は努めて平静を装った。しかし頭にはずっと、真子の顔が浮かんでいた。

20

雀のさえずりが辺り一面に響いていた。東の空に太陽が見える。真っ赤な太陽は雲の切れ間から姿を現していたが、陽光はまだ遠慮がちに放たれていた。

真子は通学鞄から携帯電話を取り出し、時間を確認した。液晶画面には午前七時の数字が刻まれていた。その数字のすぐ横に、未読メール一件を伝える表示があった。

またたよ。朝っぱらからまったく……。

真子はふんと鼻を鳴らし、内容も見ずにそのメールを消去した。最近は毎日、佐知からメールが入ってくる。なぜだかわからないが、真子のことを心配するような内容のメールが送られてくる。真子が電話に出ないものだからメールを打っているのだろうが、はっきり言って迷惑だ。ちょっと前まではいい子だと思っていたのに、最近は彼女のはちゃめちゃ振りが煩わしく思える。

真子は波立つ気分を抑えながら、三〇メートルほど先の民家を見つめた。辺りにはまばらに人の姿が見えるようになった。背広姿のサラリーマンや制服姿の高校生が、駅に向かって歩いている。なかには自転車に乗って朝のそよ風を堪能している人もいる。たしかに涼しくて気持ちがいい。さらにこの胸の高鳴りが、何とも言えない心地好さを感じさせてくれる。

真子は左胸に手を当てた。見上げれば真っ青な空が広がっている。今日も日中は暑くなりそうだ。

真子のいる公園はそれほど大きなものではなかったが、敷地の外周には樹木が植えられ、それらがそよ風に揺れる風景を見ているといっそう心が和んだ。その一角に設置された木製のベンチに腰掛けながら、真子は前方の片桐邸を眺めていた。

今日は六時過ぎに家を出てきた。そんな時間に学校に向かう真子を見て両親は何事かと尋ねてきたが、文化祭の準備だと言って軽くあしらってきた。昨晩も夜遅くまで片桐にメールを入れていた真子は、三時間ほどしか寝ていなかった。それでも眠たいとか疲れたとか、そんな感覚はまったくなかった。むしろ全身に力が漲っていた。こんなに胸がときめいたのは生まれて初めてかもしれない。

今日、店長は休みのはずだから、起きるのは遅いのかな？

真子は膝の上に肘を乗せて、頬杖をつきながら片桐邸を見つめていた。ジョギングコースや遊歩道があるような公園ではなく、すべり台、ブランコ、砂場などが設けられた子供が遊ぶための公園なので、早朝から訪れる者はいなかった。それがまた真子にとっては好都合だった。

店長はまだ夢の中か。夢の中でも私のことを考えてくれてるのかな。きっとそうよね。だってあなたの生活には、私の存在がなくてはならないものになってるんだから。最近はそれをいっそう感じていた。特に先日のあの行動は、どれだけ片桐のためになったか計り知れない。

店長辛そうにしてたもんね。食中毒だか何だか知らないけど、騒ぎ立てて店長を困らせる客は私がやっつけてあげたわ。店長を困らせていいのは私だけなんだから。

思い出すだけで高揚する。全身が炎に包まれたみたいに熱くなる。自分がこれほどまでに誰かの生活に影響を及ぼしていると思うと、興奮せずにはいられない。自分の存在価値が日に日に大きくなっていくようで、嬉しくてしょうがない。

来た！

真子の見つめる片桐邸から妻の尚美が姿を現した。彼女は派手な赤いセーターを着ている。はっきりとは見えないが、早朝だというのに化粧もしっかりしているようだ。周りの目を必要以上に気にする見栄っ張りなのだろう。

石段を下りてきた尚美は、一〇メートルほど先に見える集積場所にゴミ袋を捨てて家に戻った。

真子は小走りに歩を進めた。左胸で、心臓がスキップしている。辺りに人影がないことを確認してから、たった今尚美が捨てたゴミ袋を手に取って走り出した。足取りが軽い。陸上選手にでもなったかのようだ。

真子は公園に戻ったが、人目につくベンチに腰掛けるわけにはいかなかったので、樹木の影に身を潜めることにした。

さてと、始めようかな。

真子の鼓動がいっそう速くなった。全速力で走ったせいで息が乱れていたが、それとは違った理由で心臓が早鐘のようにドキドキしている。真子は半透明のゴミ袋の口をほどき、中身をあさった。野菜の切れ端や料理の残り物といった生ゴミが目立つ中に、真子は目的のものを発見した。まずはこれを確認したい。

真子が手にしたのは茶色く汚れたレシートだった。真子は宝物を見つけた気分になり、心を弾ませてレシートを眺めた。甘い響きを伴った吐息が、自分の口から漏れる。

ニンジン、タマネギ、ジャガイモ、鶏肉……。生ゴミにもその残飯があるわね。昨日の夕食はカレーかあ。店長はチキンカレーが好きなんだあ。

真子は汚れた手を拭く暇も惜しんで、通学鞄からノートとボールペンを取り出した。

コーヒーはインスタントなんだあ。お金持ちのわりにはこだわりがないのかな？ それに百円均一《ヒャッキン》の靴下をまとめ買いしてるよ。これって店長のだよね。酷い扱い受けてるんだね。

真子はメモを取ってはゴミをあさり、何度もその作業を繰り返した。ゴミ袋の中には他にもたくさんの〝情報〟が放り込まれていた。詰め替え用のシャンプーの袋が出てきたのでどんなシャンプーを使っているのかがわかったし、尚美の使っている化粧品メーカーまで知ることができた。

真子は口元が緩むのを感じながら、ゴミをあさり続けた。一番下の方に、コンビニエンスストアのビニール袋に包まれたものを発見した。その結び目を見ると、妙に頑丈に縛られている。ほどくのは困難そうなので側面を破ってみると、その中にはさらにビニール袋があり、何かを何重にも包み込んでいることが窺えた。

中身は想像がついた。おそらく尚美のものだろう。同じ女性として真子はその心理がよくわかったが、遠慮することなくビニール袋を破り、中身を確認した。中身は予想通り使用済みの生理用品だった。身だしなみを気にする女性なら、生理用品や下着を捨てる際はこのように袋を二重三重にして頑丈に口を縛って捨てるのが常識だ。これで尚美の生理の周期までも把握したことになるのだが、これは片桐の直接的な情報ではないため、それほど喜びはなかった。真子は手に持ったビニール袋には興味を失い、ゴミ袋の中に戻そうとしたが、ふと何かが目に入ったので手を止めた。ビニール袋の中には生理用品だけでなく、他のものも入っていた。真子はそれを手に取り、思わず声を漏らして笑ってしまった。

店長、今日は休みだからね。昨日の夜は頑張っちゃったみたいね。

真子はコンドームを握っていた。しかもその中には白く濁った液体が残っている。しかしなぜ避妊しているのだろうか。もう子供はいらないということか。そんな素朴な疑問を感じるとともに、満足感も増していった。夫婦の性生活までも掌握した真子は片桐のすべてを手に入れたような感覚を覚え、高揚が抑えられなくなった。思いっきり歓喜の叫びを発したい気分だった。

すると片桐邸から尚美と枝里香が出てきた。枝里香は小豆色のブレザーとスカートという幼稚園の制服を着て、飛び跳ねるようにして石段を下りている。

時間を確認すると、九時を回ったところだった。ゴミあさりとその分析に夢中になっていた真子は、時間の経過に気が付かなかった。太陽が高い位置に上り始めたせいで、公園には日陰が少なくなり、真子は直射日光をまともに浴びることになった。枝里香を幼稚園に送っていった尚美は、二〇分ほどで戻ってきた。それからしばらくは片桐邸に動きは見られなかった。真子は学校には行かずに、片桐邸の様子を窺い続けた。

一一時近くになると空気が熱を帯び、真子の額には汗が滲むようになった。それでも真子は苦にすることなく、片桐邸を見つめ続けた。その甲斐があり、片桐がやっと姿を現した。休日の定番ファッション、チノパンにポロシャツという格好だ。

店長はかしこまった服の方が似合うのに。あれも奥さんの趣味かな？　だったら相当趣味が悪いわね。

片桐を先導するようにして尚美が歩いている。妻の尻に敷かれている亭主丸出しの光景だが、何となくほのぼのとした印象を受ける。真っ青な空の下、のどかな住宅地を歩く二人の後ろ姿は、恋人同士のようだった。

昨日やることとやったわけだから、そりゃあ仲も良くなるわよね。

真子は憎らしげにふたりの背中を眺めながら、気付かれないようにあとをつけ始めた。こんな時間にセーラー服を着た少女がうろついていることは不自然だと思ったが、今はそんなことを気にしてはいられない。とにかく真子は片桐の様子を窺うことに全神経を集中させた。

片桐夫妻は駅前のスーパーマーケットで買い物をしていた。片桐が買い物かごを持ち、尚美が何やら指示しながら商品を選んでいる。

いくら奥さんだからって、調子に乗りすぎだよ。

凶暴な怒りが、真子の中で渦巻いてきていた。

二人が買い物を終えた頃にはちょうどお昼時になっていた。片桐は右手に買い物袋を提げ、左手で尚美の手を握っている。百貨店の最上階にあるレストラン街に足を運び、ふたりは中華料理の店に入っていった。真子は外で待っていようと思ったが、急に気分が悪くなり、その場から離れることにした。胃が締めつけられるように痛み、激しい頭痛に襲われた。耳鳴りがして平衡感覚を失いそうになった。真子は化粧室に駆け込み、洗面所の蛇口を思いっきり捻って勢いよく水を流した。隣にいた中年女性が、迷惑そうな顔をしているのが正面の鏡に映っていたが気にしなかった。

真子は両手に水をためて派手に顔を洗った。結っていた髪をほどき、何度も何度も繰り返した。息ができなくなって仕方なくやめた時には、正面の鏡も、そして洗面所一帯に水滴が飛び散っていた。

鏡に映る真子の顔からは水が滴っていた。黒い長髪が乱れて顔にまとわりついている。セーラー服も水浸しだった。

何なのよ、あの男。私に夢中だったくせに、他の女にうつつを抜かしたりして。絶対に許せない。

真子の怒りは片桐とともに妻の尚美にも向けられた。片桐の家庭のすべてが、真子の怒りの対象となった。何もかもをぶち壊してやりたいという衝動に駆られ、そしてそれは抑えられそうにない激情となった。

21

夕焼けに西の空が染まり、庭に植えられた木々が長い影を落としている。

真子は自転車を止め、大きく深呼吸をした。空気がおいしい。一〇月を目前に控えた季節の変わり目。この時期独特の爽やかな風が、優しく体を包み込む。

この夏服ともお別れだね。そうだ、冬服のスカート丈も短くしなくちゃ。

自転車のかごから通学鞄を取って、真子は跳ねるように歩き出した。玄関に向かう前に、郵便受けをチェックする。毎日片桐に手紙を出しているので、その返事が届いているかもしれない。胸の内で期待が膨れ上がるのを感じながら、真子は郵便受けを覗いた。

白い、かしこまった封筒が一通。洒落っ気のないところが、いかにも片桐らしい。真子はすぐさま手を伸ばし、封筒を掴み取った。しかし宛名を見ると、父親の名が記されていた。膝ががくんと折れる。足下から這い上がるようにして、落胆が湧き起こった。

メールは返さないし、手紙もくれないなんて、酷い人ね。でももしかしたら、私のことをじらしてるのかな？　それも店長らしいかも。

真子は口笛を吹きながら玄関に向かった。扉には鍵がかかっていた。母親の浩子が、買い物に出かけているのだろう。真子は通学鞄の中から鍵を取り出そうとした。

ふと目を落とすと、握りしめた父親宛ての封書が気になった。真子の中で何かがうごめいた。整然としない何かが、おぼろげながら形を作ろうとしている。

何でお父さん宛ての手紙が気になるのよ？

真子は封筒を裏返し、差出人を確認した。しかし名前は記されていなかった。真子は首を傾げながら、もう一度宛名を見つめた。

瞬間、電撃のようなものが真子の頭の中を走った。血液が沸騰し、体の奥底から言葉にならないたくさんの棘が顔を出す。

真子は封筒を乱暴に破り、中身の便箋を取り出した。

やっぱりそうだ。

白い便箋に書かれた万年筆の文字。筆圧が強い、角ばった文字。どこかで見たことのある筆跡だと思ったのだが、間違いなかった。

真子は暴走しそうになる左胸を撫でながら、便箋五枚分の、几帳面な文字の羅列に目を這わせた。五枚目の末尾に〝細野百恵〟という記名を見つけた時は、激怒の嵐が荒れ狂った。

手紙の内容は、最近の真子についての記述だった。真子の行動や言動を取り上げ、心理学的な分析を長々と書いている。終いには真子を異常者のように扱い、病院に連れていくよう勧めている。ご丁寧に精神科の医師やカウンセラーの具体名が記され、紹介するとまで書いてある。現在百恵とは喧嘩別れをしたような状態になっているが、彼女は電話やメールをしつこいくらいに入れてくる。真子はそれをことごとく無視していたので、とうとう親宛てに手紙を出したのだろう。百恵はアルバイトマネージャーだから、従業員の履歴書や雇用契約書を閲覧することができる。そこには保護者の同意書も添付されているはずだから、住所も親の名前も知ることができたのだろう。

おかしくなってるのはどっちよ。マネージャーの特権を使って、こんなことして。失敗したなあ。そもそもあんな人に相談なんかするんじゃなかった。

真子は便箋を封筒とともにビリビリに破き、庭先に投げ捨てた。初秋の涼しい風に乗って、芝生の上で紙片が躍っている。

ああ、ムカつくなあ。

真子は玄関の扉を蹴飛ばしながら開け、靴を脱ぎ捨てた。そして派手に音を立てながら、階段を上った。

部屋に入ると、通学鞄を壁に投げつけ、飛び込むようにしてベッドに横になった。マットレスを切り刻み、中身のスポンジを掻きむしりたい衝動に駆られた。

八畳一間。天井と壁紙はベージュで統一され、フローリングの床には薄い水色のカーペットが敷かれている。同年代の少女の部屋にありがちな、ぬいぐるみや漫画本はない。元々そんなものには興味がなかったし、今は別のことに熱中しているため、余計なものは必要ない。

真子は体を起こし、クローゼットの引き出しを開けた。荒々しい激情がどこかに吹き飛び、心地好い高揚感に包まれる。

真子はコレクションの数々を丁寧に取り出した。警察に押収された証拠品のように、パッチ付きのビニール袋に入れて大切に保管している品々。ボールペン、メモ帳、ノート、ネームプレート、ネクタイピン、タバコの吸い殻、使用済みのストロー。すべて片桐のものだ。ゴミ袋をあさって収集したものもあれば、店で盗んだものもある。

もっともっと集めたいよ。もっともっと店長のことを知りたいよ。

真子は引き出しの一番奥から、アルバムを取り出した。片桐の写真を眺めていると、心が落ち着く。怒りや苛立ち、悩みや疲労、そんな負の要素が一気に消え去る。

真子は静かに目を閉じた。瞑った目の網膜の奥に、片桐の優しい笑顔が浮かび上がる。彼が真子を呼ぶ声も聞こえてくるようだ。

真子は止まった時間の中で、至福の喜びを感じていた。

22

一〇月に入ってからはさすがに蒸し暑さは影を潜め、冷たい風が吹きつけるようになった。店内の客の姿を見ると、つい最近までは半袖のTシャツやポロシャツが目立っていたというのに、長袖のシャツやカーディガンを着ている人が大勢いる。季節は完全に移り変わり、至る所に秋の匂いを感じることができた。

午後三時。ティータイムに訪れる客がいつもより多い日だった。片桐はホールを一周し、特別問題がないことを確認すると厨房に入った。ランチタイムが普段より賑わいを見せたせいで、その片付けが遅れていた。ホールはパートの主婦に任せて、厨房の仕事に就くことにした。このままの状態でディナータイムに突入したら、大変なことになってしまう。

「店長、地区長がお見えです」

ジャケットを脱ぎ、エプロンをつけて厨房に入ろうと思ったところで、ホールから声が掛かった。片桐は仕方なくジャケットを着直した。ごく普通のジャケットが、戦国武将の鎧であるかのように重たく感じられた。

季節は変化を遂げていたが、片桐を取り巻く状況は何も変わっていなかった。真子は相変わらずアルバイトには週に一、二回しか入っていなかったが、攻撃の数々はいっこうに収まっていない。

このままにしておくわけにはいかない、そうは思うのだが何かをしようとすると足がすくむ。絶対的な善後策があるわけでもないし、何かをすれば余計に酷い状況を生み出してしまうのではないかという不安が片桐の胸の内に潜んでいた。

「地区長、お疲れ様です」

片桐は精一杯覇気のある声を出したのだが、地区長は今日も険しい顔つきで不機嫌さを全面に表していた。しかし前回のように本社の人間を連れているようなことはなかったので、それほど大事ではないだろうと高をくくった。毎回毎回、叱責ばかりされていたら身がもたない。ただでさえ今は、真子のことで頭がおかしくなりそうだというのに。

「スタッフルームに行きますか、それともホールで？」

片桐が尋ねると、地区長は手招きをしてから歩き出した。ついてこいという合図らしい。言葉を発することすら億劫だというような地区長の態度。片桐は顔をしかめたくなる気持ちを必死に堪えた。

地区長は外へ出ると、背後を歩く片桐の様子を気にすることもなく歩いていった。雲ひとつない秋晴れの空の下、そよ風を感じながら歩くことは心地好さを感じることができるはずなのだが、こんな状況ではそんなものを感じる余裕は持てなかった。

「あ、あのう、地区長……」

たまらず片桐は地区長の背中に声を掛けた。しかし地区長は振り返りもせずに、駐車場を歩いていく。

「乗ってくれ」

地区長は突然立ち止まり、高ぶる感情を必死に抑えているような口調で言った。そしてその場に駐車してあった白いクラウンの助手席を開け、片桐に乗車するよう促した。

「どこかに行かれるんですか？　それでしたら店の者に伝えてきますので」

「その必要はない。ここで話をするだけだ。人に聞かれては困る話なんでな。アルバイトにも、そして君以外の社員にも」

地区長は意味深な言い方をすると、けだるそうに運転席に乗り込んだ。片桐の不安は一気に膨れあがった。

「前回の食中毒騒動の件ですか？　お客様のご自宅にまた何か……」

一刻も早く不安をかき消したくて、片桐は自ら話を切り出した。クラウンの助手席は広々としていて座り心地はよかったが、そんなことを感じている場合ではなかった。

「その件はもう片付いた。担当者も相当手こずったみたいだが、その後は例のファックスが届くこともなかったそうだ。お陰で何とか丸く収まった」

地区長は疲労感を漂わせながら言った。もうこの話はして欲しくないらしい。

「これを見てくれ」

地区長は膝の上に置いたアタッシェケースから、一枚の用紙を取り出した。片桐はそれを受け取り、注意深く眺めた。

「インターネットの掲示板に書き込まれていた内容をプリントしたものだ。とりあえず読んでみろ」

片桐はその数行を読んだだけで、脳味噌を掻き回されるような衝撃を受けた。

何でこんなことを……。

「マーケティング本部の調査課が見つけてきた」

地区長は怒るわけでもなく、自分の意見を述べるわけでもなく、淡々と事実のみを伝えてきた。それがまた事態の重大さを示している。マーケティング本部の調査課は本来ならば顧客満足度の調査を行う部署なのだが、昨今のインターネットの普及により、インターネット上で語られている〈アスターシャ〉に関する事項もチェックするようになった。なかには悪質な営業妨害的な書き込みもあり、これらについては即刻管理人に記事の削除を依頼し、監視の目を光らせている。インターネットの書き込みは恐ろしいもので、ここで叩かれたばかりに閉店に追い込まれた個人経営店もあるくらいなのだ。

「ユーザー情報を一切登録せずに書き込めるタイプの掲示板のため、書き込んだ者の特定はできないが、心当たりはないか？」

地区長は鋭く射るような目で見つめてきた。片桐は首を振りながら、もう一度用紙に目を落とした。心が憂鬱に染まっていくのを感じる。足が勝手に貧乏揺すりを始めている。

〈「アスターシャ新百合ヶ丘店の秘密」

一、落とした料理を平気で客に出す。唐揚げとかエビフライとか、揚げ物は特に注意！
二、厨房はゴキブリだらけ。夏場は特にすごい。従業員はゴキブリのことを〝太郎くん〟と呼んでいる。
三、カレーはレトルト。ハンバーグは冷凍。まともに調理してる料理なんてない。
四、調理チーフがアル中。いつも赤い顔をしている。仕事中に調理用ワインを飲んでいる。
五、店長がロリコン。すぐ女子アルバイトに手を出す。特に高校生が大好きみたい。〉
「法務部を通してこのサイトの管理人に削除依頼をかけたから、一応は解決した。カレーがレトルト、ハンバーグが冷凍というのは事実だから、本来ならばこちらが抗議する権利はない。今回はその他のことが事実無根であるから、誹謗中傷、営業妨害の類に入る。しかし実際は……」

地区長はそこで発言をやめた。地区長とはいっても、以前は現場にいた人間だ。店長を経験して本社に異動したわけだから現場の実情は片桐以上にわかっている。ここに書かれていることがあり得ることだということはよくわかっているのだ。

落としたものを拾ってそのまま出すというのは日常茶飯事だ。ここで指摘されている揚げ物は特にそうだ。たとえばエビフライを一つ落として数が足りなくなったとすると、そのためにもう一度時間を掛けて新しいエビフライを揚げ直さなければならない。忙しい時にそんな面倒臭いことをする者はいない。なかには〝消毒〟と称して、落としたものを数秒間だけ揚げ直す者もいるが、五十歩百歩だろう。

　ゴキブリが出るのも本当だ。三ヵ月に一度、害虫駆除の業者を入れているのだが、それでもいつの間にかまた出てくる。長く勤めている従業員は慣れてしまっているため、急にゴキブリが現れても何とも思わない。しかし新人の女の子たちは大騒ぎをしてしまう。「ゴキブリ！」なんて叫び声を上げられては客席までその声が届き、大変なことになってしまうので、従業員たちはゴキブリを〝太郎くん〟と呼ぶことにしている。「太郎くんどこ行った？」「太郎ならそっちに行ったよ」なんていう会話を客が聞いても不思議には思わないからだ。

　カレーやハンバーグのことは地区長の言う通り絶対的な事実であるから反論のしようがないが、問題はそのあとだ。調理チーフがアルコール中毒というのは、先日解雇した池谷のことを指しているのだろう。ということは店舗内部の人間の仕業ということになる。もちろん片桐は最初からそんなことはわかっていた。状況を整理する必要などなかったのだが、少しでも結論を出すのを遅らせたかった。しかしこの用紙を目にした時に真っ先に浮かんだ顔が、この一件の犯人であることは間違いない。〝店長がロリコン〟なんていう中傷は、いかにも真子が書き込みそうな内容だ。

「当店のスタッフの誰かが行った疑いが強いということですね？　わかりました。では私の方で調べてみます」

片桐は用紙を折りたたみ、ジャケットの内ポケットに入れようとした。しかし手が震えて、なかなかうまく入らなかった。

彼女は何がしたいんだよ？　彼女の望みは何なんだ？　こんなことをしても、誰も得しないだろ。俺はどうすりゃいいんだよ？

片桐は地区長に一礼し、車を降りた。どうにもならない無力感が、片桐の全身を覆い尽くしている。疲労が重なり、乳酸が筋肉だけでなく、心にも溜まっていくようだ。秋晴れの空は、地上の万物を飲み込んでしまいそうなほどに澄んでいた。片桐はいっそのこと、この空に飲み込まれてしまいたいと思った。

23

真子はスタッフルームの下の倉庫の脇に自転車を止めた。快晴の下では、冬服のセーラー服はまだ少し暑さを感じる。自転車に乗っている時は心地好い風を感じることができ、爽快感を得られるのだが、いざ自らの足を地につけると怠さを感じた。

真子は店舗を眺めた。ざわついている感じはしない。夕方の四時になるところなので、まだ店が混む時間ではなかった。真子はそんな店舗を横目に、スタッフルームへ向かった。

真子が扉の前に立つと、ちょうど主婦のパートのひとりが帰宅するところだった。中には誰もいないから入口の鍵を管理してくれと頼まれ、真子はそれを受け取って入室した。真子はすぐにマネージャールームに向かい、一応扉をノックしてからノブを回したが、やはり鍵がかかっていた。

困ったなあ。たしか今日のシフトは……。

片桐は本社に行っているはずなので店にはいない。その他のマネージャーシフトは把握していない。しかし真子は目的を達成しないまま帰るつもりはなかったので、しばらくここに居座ることにした。

殺風景なプレハブの部屋は、いつ来ても同じ姿を見せている。長テーブルとパイプ椅子が無造作に置かれた空間。真子がアルバイトを始めた時から何も変わっていない。真子は窓を開け、外の様子を窺った。冷たい風が音を立てて吹き込んできた。駐車場の周りに植えられた樹木は、その葉を茶色く変色させている。そのうちの一枚が風に乗って室内に舞い込んできた。

窓際に佇んで物思いに耽《ふけ》っていると、スタッフルームの扉が開けられた。真子がそちらを見ると、店から戻った男子大学生のアルバイトマネージャーが入室してきた。

「あっ、塩出さん」

彼はぎこちない笑みを見せた。ブレザーを脇に抱えた彼は、はち切れそうなYシャツに汗が染み付き、肌が透けて見えている。角刈りの頭には、整髪料とは明らかに違う種類の艶がある。おそらくこれも汗だろう。当然のように、顔面は汗と脂で光っていた。太った男というのは、どうしてこんなに汗をかくのだろうか。

彼の姿を見た真子は、鳥肌が立つほどの嫌悪感を覚えたが、それを表に出さぬよう必死に堪えた。今はどうしてもこの男の力が必要だ。

「汗びっしょりですよ。早く着替えないと風邪ひいちゃいますよ」

真子は彼のことを気遣うような素振りを見せ、努めて優しい口調で聞いた。もちろん、愛らしい笑顔を作ることも忘れなかった。

「え、あ、ああ、ストーブ前に入ってたからこんなになっちゃったんだ。心配してくれてありがとう」

彼は頬を赤らめた。同じアルバイトマネージャーでも、五明のように女慣れしたタイプではない。オタク系の印象が強いこの男は、女性と話すだけで舞い上がってしまうタイプなのだろう。

何でストーブ前になんか入るのよ。だからそんなうっとうしい姿になるのよ。

ストーブ前とは、厨房でガスコンロの前に立つポジションのことだ。真子はホールの担当だからこのポジションを経験したことはないが、男子アルバイトたちの話を聞いていると、どうやらそこは地獄のようだ。

「お疲れさまです。アルバイトマネージャーさんは、大変ですよね。池谷チーフが辞められて、店長も本社に行くことが多くなったようだし、そのしわ寄せが来てるんじゃないですか？　体に気を付けて、頑張ってくださいね」

真子はかわいらしくガッツポーズを作って見せた。

「ありがとう。塩出さんにそう言ってもらえるなんて嬉しいよ。店長はいろいろな件でしょっちゅう本社に呼ばれてるから、こういう時こそ僕たちアルバイトマネージャーがしっかりしないといけないと思ってるんだ。頑張るよ」

彼は満面の笑みを浮かべてマネージャールームに向かっていった。彼が鍵を取り出してドアノブに差し込むのを見た真子は、その体にすり寄った。

「少しだけ中に入れてもらえませんか？」

真子は上目遣いで彼を見て、甘ったれた声を出した。彼は動きを止め、一瞬面食らった表情を見せたが、少しして首を振った。

「だ、だめだよ。ここへはマネージャー以外入れないの知ってるでしょう？　ごめん、だめだよ」
　彼は目を泳がせてたじろいでいる。もう一押しのようだ。
「どうしてもだめですか？」
　真子は努めて瞳を潤ませた。これくらいのことは女なら誰だってできる。今までは
こんなことをしたことはなかったが、真子だっていざとなればやってのけるのだ。
「何で中に入りたいの？　何か特別なわけでもあるの？」
　よし！　これで私の勝ちね。
　真子は頭の中で勝ち誇った笑みを浮かべたが、対照的に実際には悲しい顔を作った。
「たしか今月は、店長のお誕生日なんです。私はいつも店長に迷惑を掛けてるからお
詫びがしたいんですけど、何かきっかけがないと素直に言えないし。だからお祝いの
言葉と一緒に言おうかと思ったんです。アスターシャの社員さんて、誕生日休暇があ
るんですよね？　だからマネージャースケジュールを見せてもらえませんか？」
　真子は精一杯、健気な少女を演じた。少し涙声で言葉を発し、無垢で純情な少女を
装った。
「そうか、そういうことだったらいいよ。塩出さんはやっぱり僕の想像してた通りの
人だよ。さあ入って」
　彼は嬉しそうに言うと、机の引き出しから用紙を取り出して渡してくれた。真子は

「ありがとうございます」とかわいらしく言ってから用紙に目を落とした。

片桐の誕生日は一応見当が付いた。片桐のメールアドレスの中に〝1021〟の数字が含まれていた。しかし既婚者は結婚記念日を入れる人もいるので、その確認が取りたかったのだ。最初はアルバイトマネージャーである百恵に頼んで調べてもらうつもりだったのだが、あっさりと断られた。それどころか、百恵はもうこれ以上片桐を追いかけ回すのはやめろと、また説教をしてきた。それを機に、真子は二度と百恵に頼るのはよそうと決意した。そもそもの発端を作ったのは百恵だというのに、その無責任な態度に腹が立って仕方なかった。

ビンゴ！　やっぱり一〇月二一日だ。ついでに店長のスケジュールを……。

誕生日の確認を済ませた真子は、続いて今月の片桐のシフトを頭に入れた。

「ありがとうございました。これで店長にお詫びができます」

真子は彼の耳元で、囁くようにお礼を言った。

「これくらいで良かったら、いつでも協力するから」

彼は嬉しそうに頬を赤らめた。この様子だと、彼はこれからも利用できるかもしれない。

一〇月二一日か。誕生日は楽しみにしててね。私が盛大にお祝いしてあげるから。

24

この時ばかりは最近の悪夢の数々を忘れ、心を落ち着かせることができた。娘の枝里香の顔を見ていると、それだけで心が和む。普段は何かと口うるさい尚美も、今日は枝里香とともに笑顔を見せてくれている。片桐はそんなふたりとともに、幸せな時を過ごしていた。結婚を後悔した時期もあったが、やはり家庭はいいものだ。こんなに落ち着く場所は他にない。

「パパ、お誕生日おめでとう」

ソファに座る片桐の膝の上に、枝里香が飛び乗ってきた。リビングルームのテーブルの上には、尚美が昼過ぎから作り始めてくれた豪勢な料理の数々が並んでいる。

「ママ、早くケーキ、ケーキ！　火をつけてふうってやるの！」

枝里香は体を弾ませて元気よく言った。紺色のスカートとピンク色のパーカーという、かわいらしい服装をしている。今すぐにでも子役タレントとしてデビューできそうだ。

「はいはい。ちょっと待ってね。窓を閉めるから」

網戸にしていた窓から吹き込む秋の夜風は少々涼しすぎる気もしたが、枝里香の熱気に満ちた体の温かさと調和して、心地好さを感じることができた。

「枝里香、パパと一緒に火を消そうか？」

片桐は膝の上の枝里香を抱きかかえ、テーブルの前にかがみ込んだ。尚美はバースデーケーキの蠟燭に火をつけると、部屋の明かりを消した。

「じゃあ枝里香、いくぞ。いち、にの、さん！」

片桐は枝里香の頰に顔を寄せて、一緒になって息を吹きかけた。懸命に息を吹く枝里香の顔が真っ赤に染まっている。

「あなた、お誕生日おめでとう」

部屋の明かりをつけながら、尚美が言った。小さな声だが、心から片桐のことを祝ってくれていることが伝わってくる。片桐は思わず胸を押さえた。顔では笑っているが、妙に胸が痛む。

俺は何やってたんだ……。

片桐は心の底から後悔した。いい知れない罪悪感にさいなまれた。今この瞬間が幸せすぎるために、自分がしでかしてしまったことのあまりの愚かさに気付いた。

片桐は決心した。真子には誠意をもって謝ろう。元はといえば、自分がまいた種だ。

この幸せを、この家族を守るために、自分自身が責任を取らなければならない。

「あなた、浮かない顔してどうしたのよ？」

尚美は怪訝そうな顔をして聞いてきた。気が強く、家庭では常に片桐よりも優位に立つ尚美だが、そんな彼女だからこそこれまでやってこれたのかもしれない。ずっと片桐を支えてくれたのは、間違いなく尚美だ。そんな彼女に対しても、申し訳ないと詫びる気持ちが湧き起こっていた。

「いや、何でもないよ。すごく嬉しくて、それでちょっとぼうっとしちゃって。さあ、料理をもらおうかな」

片桐はすぐに笑顔を作った。尚美に余計な心配をさせたくない。この件は、自分ひとりで処理しなければならないことだ。

「その前に、枝里香！　パパにプレゼントがあるのよね？」

尚美がそう声を掛けると、はしゃいでいた枝里香は「うん」と大きく頷いて、リビングルームを出ていった。片桐は胸を弾ませて枝里香の帰りを待った。一分もしないうちに、枝里香は戻ってきた。そしてその手には白い筒のようなものが握られていた。

「はいパパ。枝里香からのお誕生日プレゼントだよ」

枝里香はそれを差し出した。画用紙が丸められ、そこにピンク色のリボンが巻かれている。片桐は礼を言って受け取り、リボンをほどいた。画用紙にはクレヨンで描かれた片桐の姿があった。スーツらしき服を着て、ちゃんとネクタイまで締めている。目と鼻が大きすぎて顔の輪郭からはみ出していたが、片桐にとっては最高のプレゼントだった。この瞬間を幸せに思えば思うほど、後悔ばかりがあとからあとから湧いてくる。自責という刃で、自分自身を切り刻んでしまいそうだ。

「ねえパパ、似てる？　それパパなんだよ」

枝里香は片桐の反応を探るように見上げている。

「パパにそっくりだよ。ありがとう」

片桐は枝里香の体をしっかりと抱きしめた。枝里香の体の温もりが伝わると、片桐は涙がこぼれ落ちそうになったが、枝里香の前では笑顔でいようと思い、必死に堪えた。

「パパ、痛いよお」

片桐に抱きしめられた枝里香が声を漏らした。思わず力を入れすぎてしまったらしい。片桐が両腕の力を抜くと、枝里香は楽しそうに飛び跳ねて、自分の席に戻っていった。

「さあ、食事にするわよ」

尚美は片桐のグラスにシャンパンを注いでくれた。尚美の言葉を受けて、枝里香はすでに鶏の唐揚げを頬張っていた。そんな枝里香を見守りながら、片桐はシャンパンの注がれたグラスを手に持ち、尚美のグラスと触れ合わせた。

その直後に、呼び鈴が鳴った。尚美はすぐに席を立ち、玄関に向かっていった。片桐は至福の時を邪魔され少々気分を害したが、そんな気持ちも枝里香の笑顔を見ているとどこかに吹き飛んでしまった。枝里香は口の周りにケチャップをつけてポテトフライを頬張っていたので、片桐はティッシュペーパーで枝里香の口を拭いてやった。まだ四歳の枝里香だが、女性である以上、いつかは親元を離れていく。しかしそんな日は永遠に来ないで欲しい。

「あなた、素敵なお客様よ」

尚美はいたずらっぽい笑みを浮かべている。片桐はリビングルームの入口に目をやった。その瞬間、片桐は硬直した。頭頂部から爪先まで、冷気が滝のように走り抜けた。

「店長、お誕生日おめでとうございます」

尚美の傍らには、花束と紙袋を抱えた真子が立っていた。魔女のような悪意に満ちた笑顔を浮かべて、真子はそこに立っていた。セーラー服のスカートが、以前より短くなっている。

な、なんで彼女が……。

片桐は、心臓を鷲摑みにされたかのようなショックを覚えた。

「あなたの誕生日だって聞いて、お祝いに来てくれたんだって。まったく、あなたも隅におけないわね。料理も作りすぎちゃったことだし、塩出さん、遠慮なくどうぞ」

尚美は片桐の代わりに花束を受け取り、真子の背中を押してソファに座るように促していた。

真子は遠慮する様子も見せずに、何食わぬ顔で席に着いた。

「お姉ちゃん！」

枝里香は嬉しそうに声を上げると真子の元へ歩み寄り、膝の上に飛び乗った。一度会ったことがあるだけに、すっかりなついている。枝里香は真子のようなお姉さん的存在の者と触れ合う機会はほとんどない。だから顔も知っている真子が、こうして家に遊びに来てくれたことを心から喜んでいるようだ。

片桐の腕には、鳥肌が立っていた。あまりのことに、足が音を立てて震えていた。貧乏揺すりが止まらない。

「チーズケーキを焼いてきたんです。こんなに素晴らしいお料理の横にお出しするのは恥ずかしいんですけど」

真子は手に持っていた紙袋の中から、円形のチーズケーキを取り出し、テーブルの上に置いた。声が柔らかく、態度も出過ぎない。一見するとかわいらしい少女だが、片桐は目を合わせるのも怖かった。

「これあなたが焼いたの？　すごいじゃない」

尚美はそのチーズケーキを見て驚いていた。枝里香は早くもその一切れを掴み、口の中に入れようとしている。

「枝里香！」

片桐は枝里香を制するように手を伸ばした。なぜそんな行動に出たのかはわからない。とにかく、真子の作ったものを口にして欲しくなかった。しかし枝里香は構わずチーズケーキを食べている。尚美までもがおいしそうに食べていた。

「あなたも頂きなさいよ。すごくおいしいわよ。まだ若いのに感心ね。こんなにおいしいケーキが作れるんだったら彼氏も大喜びでしょう？」

「彼氏なんていないですよ。女子校だから出会いもないんです」

「それは残念ね。だったらバイトで見つけるといいわよ。何を隠そう私とこの人も――」

「尚美、そ、その話は、バイトたちに示しが付かないから……」

片桐は楽しそうに喋る尚美を制した。尚美は発言を遮られ、不愉快そうに眉をつり上げた。しかしそんなことはどうでもいい。すっかり意気投合している真子と尚美を見ていると気分が悪くなる。話の内容がどうこうというよりも、真子が自分の家族に入り込んできているようで恐ろしい。

片桐はできるだけそんな気持ちを表に出さないように努めたが、真子の一挙手一投足を目にするたびに落ち着きを失い、興奮した。枝里香と尚美は真子のことが相当気に入ったようで、楽しそうに話をしている。枝里香に至っては、本当の姉であるかのように「お姉ちゃん、お姉ちゃん」となつき、満面の笑みを見せていた。

片桐はすぐにでも真子を追い返したかったが、場の雰囲気を壊すのも気がひけたのでしばらく我慢することにした。それでも真子と話す枝里香の嬉しそうな顔を見るたびに、胸が痛み、息苦しくなった。

何でここまでするんだよ……。

片桐は自問し、そして自分を責めた。責めたところですべてが解決するわけではなかったが、そうせずにはいられなかった。自分を責めていなければ、怒りや恐怖でおかしくなってしまいそうだった。

「お姉ちゃん、また来てくれるよね？」

真子が席を立つと、枝里香が名残惜しそうに言った。真子は頷き、枝里香の頭を撫でてから玄関に向かった。枝里香は寂しそうな顔をして真子を見送っていた。

「もう暗いから送ってくる」

片桐は尚美にそう告げると、真子の背中を押して外に出た。

「嬉しいな。でも自転車だから大丈夫ですよ」

真子は微笑みを返してきた。片桐は構わず背中を押し続けた。石段の下の歩道に真子の自転車は止めてあったが、片桐はそこを通りすぎ、自宅前の公園に連れていった。念のため振り返ってみたが、尚美も枝里香も家から出てくる様子はなかった。

「こんなところに連れてきてどうするつもりですか？」

真子はわざとらしく怯えたような口調で言ったが、口元は笑っている。以前の彼女なら絶対に見せなかった、いやらしい笑みだ。

「そんなにジロジロ見ないでくださいよ。やっぱり店長も、スカート短い方がいいんですか？」

真子は上目遣いでこちらを見つめてきた。

「俺が悪かったよ。本当に反省してる。だからもう、こんなことはやめてくれないか」

夜風に冷やされた地面に、片桐は両手と両膝をつき、頭を下げて詫びた。片桐の手に、冷たい土の感触が伝わってきた。

公園に人影はなかった。風に吹かれて落ち葉が舞っていたが、それ以外の物音はしない。落ち葉が時折、手の甲をかすめる。

「頼むから、家族を巻き込むのだけはよして欲しい。この通りだ」

片桐の額にざらざらとした砂の感触が伝わった。今の自分にできることはこれしかない。こうして誠意をもって謝ることしかできない。

「家族を巻き込む？　何を言ってるんですか？　第一、何で店長が謝るんですか？」

真子は片桐の眼前にしゃがみ込んだ。そして、まるで子犬をあやすかのように、片桐の頭を撫でた。

片桐はうなじの後ろの毛が逆立つような恐怖を感じた。冷たい風が背中を撫でて、走り抜けていく。

「店長、もう一つプレゼントがあるんです。受け取ってください」

真子は紙袋の中から本のようなものを取り出した。片桐はそれを受け取り、注意深く眺めた。公園の一角に立つ街灯の明かりが、それを照らし出す。ポケットサイズのアルバムのようだ。

「中を見てください」

真子は声を弾ませて言った。恋人にプレゼントを渡す少女のようにはにかみながら、真子は片桐の様子を窺っている。片桐は恐る恐る表紙をめくった。

「こ、これ……」

片桐は慌ててページをめくった。ページが進むに連れて、片桐の鼓動が加速した。アルバムを握る手が冷たくなっていくのがわかる。吹雪に襲われたような寒気が全身に染み通った。

「喜んでもらえたみたいで嬉しいです。それじゃあ私は帰りますね」

真子は足取り軽く、公園をあとにした。片桐は一瞬だけ真子の後ろ姿に目をやったが、恐怖に駆られて目を伏せた。握りしめていたアルバムも、いつの間にか地面に落としていた。

アルバムには数え切れないほどの写真が貼ってあった。どれもこれも片桐の写真だ。休日に尚美と買い物をする風景や、枝里香と公園で遊んでいる姿、仕事中の光景もあった。ホールに立っているところはもちろん、客に頭を下げている姿や、男子アルバイトを叱っている姿まで写されていた。

狂ってる……。

膝が震えていた。とても立ち上がれそうになかった。片桐は手の平に土の冷たさを感じながら、呆然とした。言語に絶する苦痛としか言いようがない、そんな恐怖が全身を支配した。

25

スタッフルームの窓の外には、降るような満天の星空があった。午後九時半。片桐は長テーブルに片肘をつき、ぼんやりと夜空を眺めていた。風が吹き込んでいることはわかったが、さほど気にならない。おそらく冷たい風なのだろうが、すでに身も心も凍りついている片桐にとっては、そよ風以下の存在だ。

手元には書類が山積みになっているが、まったく手をつけていない。今日は中番シフトなので午後七時に上がったというのに、それからずっとこんな状態だ。

俺はもうだめだ……。

片桐は長テーブルの上に両手をついた。その上に頬をのせる。学生の頃のように嫌な授業を放棄して、このまま眠ってしまいたい。

「店長、大事なお話があります」

低く険しい声。片桐がゆっくりと顔を上げると、目の前に百恵が立っていた。グレーのパンツスーツ姿の彼女の顔はいつも以上に真剣で、頬が張りつめていた。今日はアルバイトに入っていないので、わざわざやってきたということか。

何だよ、また厄介事か。まあいい、適当に聞き流そう。もうどうでもいい。

すると突然、百恵は長テーブルの上に両手をつき、頭を下げてきた。

「店長、すみません。真子ちゃんがおかしくなったのは、私のせいなんです。店長には多大な迷惑をお掛けしてると思います。私の誤った判断でこんなことになってしまって、本当にすみません」

百恵は顔を上げようとしない。心から反省している様子は伝わってくるのだが、事情がよくわからない。

「どういうこと？　ちゃんとわかるように話してくれよ」

片桐は立ち上がり、百恵の肩を取って頭を上げさせた。脱力していたはずの片桐の体に、得体の知れない活力がこもっていた。思考よりも先に、体が何かを感じたようだ。

「店長は以前、真子ちゃんにしつこくつきまとってましたよね？　そのことを、真子ちゃんから相談されたんです。それで私は彼女に対策を授けました。逆に店長につきまとって、嫌われるまで続けるように言いました。でもそれがエスカレートして、今の——」

「ふざけるな！」

破鐘のような大声が飛び出した。思考が追いつかない。顔に血が溜まり、ぶちぶちと血管の破れる音が鼓膜に響く。

「おまえのせいだぞ！　おまえのその余計なお節介のせいで、俺がどんな思いをしてると思ってるんだ！」

片桐は、血液が沸騰しそうな激怒に襲われた。それは炎のように燃え上がり、目の前が赤く染まっていた。

「店長、ちょっと待ってください。お怒りはごもっともですし、私は怒られるつもりでここに来ました。でも店長も、自分がしたことをもう一度よく考えてみてください。元はといえば――」

「うるさい！　何にしたって、今の状況を作ったのはおまえだろ。ろくでもないことを吹き込んで、彼女をこんな風にしたのはおまえじゃないのか！」

脳味噌を掻き回されているかのような激情、その捌《は》け口が見つからず、片桐は怒鳴り散らすことしかできなかった。

「ですから、こうして謝りに来たんです。この反省と謝罪の気持ちに、偽りはありません。私は自分の浅はかさを呪いたいほど後悔してますし、責任も感じてます。でも、あの時点ではああするしかなかったんです。店長のストーキングは酷くなる一方でしたし、真子ちゃんは精神的に疲労しきってて、すぐに何とかしないといけない状態でした。もちろん、警察に相談することも考えました。でもそうすると、五明くんとのことを彼女の両親が知ることになります。真子ちゃんにそのことを告げると、それまで以上に怯えてしまいました。私はそれ以上、彼女の心を傷つけたくなかったんです。だから彼女と話し合って、自分で何とかしようってことになったんです。追われる者の恐怖を知った人は、ストーキングをぱったりやめるという実例もありますし、心理学的にも立証されていることなので、彼女に策を授けました。真子ちゃんにとっては、苦渋の選択だったんです。お願いですから、そのことはわかってあげてください。今の店長なら、その時の彼女の気持ちがわかるはずです」

「何で俺が説教されなきゃ……」

片桐は発言の途中で言葉を飲んだ。百恵の言葉が、頭の中を駆け巡っている。反論してはねつけたいのだが、彼女の言っていることは正しい。それがまた悔しい。

俺のせいなのか……。

頭が割れそうだった。自分の生活を脅かす真子も、彼女にろくでもない指示を送った百恵も、できることならば二人とも殴り倒してやりたい。それほどまでの激怒を感じている。しかし、その元凶を作ったのは自分だという自覚もある。自分をけしかけた五明にも怒りを覚える。何が何だかわからない。怒りの矛先を誰に向ければいいのか、誰を呪えばいいのか、まったくわからない。

少しすると、片桐は自分の頭が働いていないことに気付いた。考えても、答えなど出せるわけがない。諦めの気持ちに満たされていく。怒りの感情も和らいでいた。一気に燃え上がった怒りだけに、冷めるのも早い。片桐は急速に心が沈んでいくのを感じた。

「たしかに俺は彼女につきまとったよ。でもだからって、こんなことさせる必要ないだろ」

心だけでなく、口調も冷め切っていた。百恵を怒鳴りつけたところで、何の解決にもならない。そう思えるほど、心が落ち着き始めていた。

「私もこんなことになるとは思わなかったんです。本当にすみません」

百恵は再び、深く頭を下げた。彼女の謝罪の気持ちに偽りはない。それはよくわかる。

「もう謝らなくていいから、何とかしてくれよ。カウンセラーの卵なんだろ？　カウンセリングで彼女を治せばいいだろ？　責任もって、彼女を説得してくれよ」

片桐は尻餅をつくように、パイプ椅子に腰を下ろした。怒りの感情はすっかり消沈し、再び脱力感に包まれた。

「もう私がカウンセリングできるような状態じゃないんです。病院に連れていかないとまずい状態です。だからその説得をしたいんですけど、真子ちゃんが私を拒絶してて、まったく会ってくれないんです。もう私ひとりではどうにもならなくて、それで今日ここへ来たんです」

百恵は話を進めるうちに覇気を取り戻し、瞳に光を宿していった。この異常事態を何とかしようという思いは本物のようだ。

「俺に何をさせようって……。まさか、また俺が彼女につきまとうとか――」

「違います。今の真子ちゃんは、そんなことでどうにかなるレベルじゃないです。大学のゼミのつてで、精神科医やカウンセラーに相談することができますから、指導を仰ごうと思ってます。だから現在の真子ちゃんの状況、つまりどんな行動を取っているのかを店長からお聞きして、それを専門家に話して、解決策を練ります」

「ちょ、ちょっと待ってくれよ。それはたしかにいい案かもしれないけど、最終的には彼女を病院に連れていかなきゃならないわけだよな？　それは誰が説得するんだよ？」

「彼女のご両親にお願いしようと思ってます。以前手紙を出したんですけど、残念ながら折り返しの連絡はいただけませんでした。たぶん、自分の娘がそんな状態だってことを信じたくないいんだと思います」

　百恵はうつむいて唇を噛んだ。

「そこで私は次の手を打ちました。実は明日の土曜日、彼女のご両親とお会いする約束を取り付けてるんです。先だって電話でアポを取ったんですけど、あえて話の内容は伝えませんでした。変に警戒されても困りますから。キーパーソンは、お父さまだと考えてます。お母さまだけでは、彼女を病院に連れていくだけの力はないと思いますので。明日の土曜日はお父さまが家にいらっしゃるということですし、幸い真子ちゃんはいないんです。文化祭の準備で、この土日は登校することになってるらしくて。もちろん、彼女には話を通さないようお願いしてあります。こんなチャンス、二度とないかもしれないので、しっかり話をしてこようと思ってます」

百恵の口調が熱を帯びていく。聡明な彼女らしく、言っていることは論理的で現実的だ。しかもすでに手を打っているところは、行動力に長けた百恵らしい。もしかしたら、うまくいくかもしれない。かすかではあるが、希望の光が射し込んできた気がする。

片桐は意を決し、現在起こっている悪夢のような出来事を順々に説明した。語るに連れ、全身が悪寒に包まれ、腕や足の血管が縮こまっていく。駆り立てられた兎のように、神経が逆立ち、恐怖が背中に貼りつく。

「そうですか……。とうとうご家族のところまで」

百恵は指先で額を掻きながら、絞り出すように声を発した。

「両親に伝えるというのはいい案だと思うけど、そんな状態の彼女だ、親に反発してでも病院に行くことを拒む可能性もあるんじゃないか？」

「その件に関しては、もうひとつ手を打ちます。ご両親だけでは私も心配ですから、最適な人に説得してもらおうと思ってます。もうすぐここに来ると思います」

百恵は掛け時計を見つめている。午後一〇時を回ったところだ。こんな時間に、いったい誰が来るというのだろうか。

直後に、入口の扉がものすごい勢いで開けられた。

「おっ疲れさま！　ああ、疲れた、疲れた。今日もよく働いたね」

佐知はボサボサの金髪を掻きむしりながら入室してきた。すでにエプロンを外し、ブラウスの第二ボタンまでを開けているので、赤いブラジャーがチラチラと顔を覗かせている。

嘘だろ……。この子に俺の運命を託すのかよ。

「百恵さん、こんばんは。スーツ姿もチョーきれいじゃん。こんなところで働いてないで、モデルとかやったらいいのに。アタシが百恵さんみたいに美人だったら、絶対そうするけどなあ」

佐知は黄色くなった前歯を露にして、大声で喋っている。

相変わらず、どうしようもない奴だな。

店長の自分を前にして、こんな発言を堂々とできる彼女の神経を疑いたくなる。

「佐知ちゃん、ちょっとここに座ってくれる？」

「えー、またお説教？　店長と百恵さんのふたり攻撃なんてずるいよ」

「違うの、真子ちゃんのことでお願いがあるの」

百恵がそう言った瞬間、派手な化粧をした佐知の褐色の顔に、怯えのようなものが走った。その硬い表情のまま、彼女は片桐の方へ歩み寄ってくる。

「ひょっとして、真子を辞めさせるとか、そういう話？　そんなの絶対だめだよ。たしかに最近の真子はちょっとおかしいけど、元はといえば店長のせいじゃん。店長が真子にちょっかい出すようになってから、少しずつおかしくなってったんだよ。それなのに何で辞めさせるのよ。真子が辞めさせられたら、アタシも辞めるからね」

「佐知ちゃん、そういう話じゃないから安心して」

今にも片桐に摑みかかってきそうな佐知を百恵が制し、何とか椅子に腰を下ろさせた。

本当にこの子で大丈夫なのか？

片桐は佐知を見つめたまま、自分の表情が固まるのを感じた。

「佐知ちゃんも今言ってたけど、最近の真子ちゃんはちょっとおかしいの。病院に行かないと治らない状態なの」

「それって、手術とかするってこと？」

佐知は目を見開いて聞き返している。手術で治せる病気の方がわかりやすくていい、片桐はそんな思いを口にしたくなった。

「そんな大袈裟なことじゃないから安心して。詳しいことはあとで話すけど、とにかく佐知ちゃんは、病院に行くように真子ちゃんを説得して欲しいの」

「今は無理だよ。だってメールも電話もシカトされてるんだもん。バイトは真子の方があんまり入ってないし」

「そこを何とか頑張って欲しいの。一度会って、話をするだけでも違うと思うから。

ほら、真子ちゃんにとって佐知ちゃんは、一番の友達だと思うから」

佐知は考えを巡らせるように、唇を尖らせて天を仰いでいた。

「わかった、やってみる」

いつも通りの軽快な声。佐知がやる気を見せれば見せるほど、片桐は不安になっていった。

「佐知ちゃん、ありがとう。それじゃあ、詳しい話をするわね。今言ったように、最終的には病院に行くように、真子ちゃんを説得して欲しいの。でも、いきなりそのことを言っちゃだめ。まずは今まで通りの仲良しの関係を取り戻して、それから少しずつ話をしていくの」

「えー、アタシそういうのよくわかんないよお。真子と仲良しに戻るのは簡単だけど、少しずつ話をしてくとか、そういうのは無理。アタシ、バカだから、言っちゃいけないこととか言っちゃいそうだもん。それでまたシカトとかされたらやだし」

佐知は大袈裟に両手を振って拒絶した。

「大丈夫よ。佐知ちゃんがそう言うと思ったから、全部紙に書いてきたの」

百恵はジャケットの内ポケットから、数枚の用紙を取り出した。

「ここに佐知ちゃんにやってもらいたいことと、その時に気を付けることが書いてあるから。真子ちゃんの反応によって、次に何をすればいいか変わってくるけど、想定できる状況はすべて書いたつもりだから、この通りにやってくれれば大丈夫よ」

「サンキュ、サンキュ。チョーすごいね。百恵さんは天才だね。あっ、漢字にちゃんとフリガナが振ってある。これならアタシにも読めるし、何とかなりそうな気がするよ」

佐知は手に取った用紙をまじまじと眺めながら、潑剌とした口調で言った。

さすがだな。

片桐は羨望の眼差しを百恵に向けた。この店で、ここまで佐知を完璧に扱える人は他にいないだろう。出来の悪い生徒を放り出すのではなく、時間を費やして教える教師。百恵からはそんな印象を受ける。

もしかしたら、何とかなるかもしれないぞ。

久し振りに片桐は、心地好い興奮を感じた。射し込んできた希望の光が、明るさを増して輝いていた。理知的で行動派の百恵ならきっと何とかしてくれる、そう思えてきた。

26

真子は天を仰いだ。直後に雷鳴が轟いた。漆黒の雲が重くたれ込め、時折痙攣したように稲妻が走っては雲の中に裂け目を作る。

雨足が強くなった。真子の差す真っ赤な傘の上で、騒々しい音が鳴っている。アスファルトを叩いた水滴が弾け、足下に降りかかる。スカートを短くしすぎたせいで、太ももにまで水滴が付着していた。すぐにでもシャワーを浴びて温まりたい。

ああ、やだやだ。せっかくの土曜日なのに、無駄な時間を過ごしちゃったよ。

真子は文化祭の準備のために、土曜日だというのに朝から登校した。真子のクラスは体育館で劇をやることになっていたので、クラスメイトたちは必要以上に張り切っていた。役が付いている子たちは暇さえあれば台本の読み合わせをしているし、裏方の子たちは買い出しやら小道具の制作やらに励んでいる。真子は照明係になっているのだが、興味もやる気もまったくなかった。

馬鹿馬鹿しい。こんな時だけ熱くなっちゃって。

今日の練習では、台詞の訂正を巡って、役の付いている子同士が激しくやり合っていた。いつしか周りの子たちも巻き込んで、大喧嘩になっていた。そんな素敵な青春ごっこを鼻で笑い飛ばし、真子はさっさと帰宅してきた。

雨に打たれる庭の芝生を眺めながら、真子は玄関に向かった。

午前一一時半。朝から降り始めた雨はやむ気配を見せず、気紛れに強弱を繰り返している。最近は秋晴れが続き、過ごしやすい気候を堪能できていた。だから気温が急に下がったように感じる。しかし真子の心の熱は冷めるどころか、日々上昇していた。

頭の中には、常に片桐の姿がある。今日の彼は中番シフトなので、今は仕事中のはずだ。休憩時間に疲れが癒えるように、たくさんのメールを入れてあげたい。

踊り出したくなるような気持ちを何とか落ち着かせて、真子は玄関に辿り着いた。傘をたたみ、扉のノブに手を掛けたところで、反射的に動きを止めた。屋内から話し声が聞こえてくる。庭に止められたＢＭＷが、雨に打たれている。父の正孝は家にいるようだ。休日の午前中はゴルフの打ちっ放しに出かけることが多いのに、今日はどうしたのだろう。大雨だから、外出が億劫になったのか。

真子は傘をたたみ、玄関の扉を開けた。すると足下に、見知らぬ靴を見つけた。黒いパンプス。真子のものでも、母の浩子のものでもない。来客だろうか。

「うちの真子が？　いきなりそんなことを言われても、信じられないな」

リビングルームの方から、正孝の重々しい声が響いてきた。

「それは真子が、精神的な病気にかかっているということでしょうか？　たしかにお仕事中の出来事は少し変な気もしますし、急にお化粧をしだしたり、スカートを短くしたのも事実です。私も母親として、気になってはいました。でもお洒落がしたいという真子の気持ちもわかりますし、あえて騒ぎ立てることではないと思うんですけど」

浩子の口調は沈んでいた。何かを心配しているような響きを含んでいる。

「お洒落がしたいという、思春期の純粋な気持ちであれば問題はないんですけど、真子さんの場合は少し違うと思います。今日はその点も含めまして、詳しくお話しさせて頂きます。ですからこうして真子さんのいらっしゃらない時に、お父さまとお母さまに時間を割いて頂きました。直接お話をさせて頂く中で、少しずつ理解して頂ければと思いましたので、失礼を承知で伺った次第です」

聞き覚えのある穏やかな声。人を言い含めるのに慣れた、あざとい言い回し。

何て卑怯な女なのよ！

先日の手紙の件といい、百恵は何とかして真子の両親を説得しようとしているらしい。真子の中で、激怒の嵐が荒れ狂った。

「私の見立てでは、真子さんは非常に危険な状態です。私はまだ未熟なので、心理学的な分析とまではいきませんが、とにかく今ならまだ薬の処方で改善が望める段階だと思います。ですから一日でも早く、精神科へ連れていってあげてください。精神科と聞くと、抵抗があると思います。現に、先日送らせて頂いた手紙でも――」

「ちょっと待ってください。手紙というのは何のことですか？」

「ご覧になってないんですか？　ではきっと真子さんが――」

「何してるのよ！」

真子はリビングルームに飛び込みながら、大声を張り上げた。ソファに座る三人の視線が、一斉に真子に向けられた。焦げ茶色のスラックスに、ベージュのセーターを着た正孝。クリーム色のラップスカートと紺色のニットを着た浩子。真子の両親が並んで座り、お茶が出されたテーブルを挟んだ向かいに、いつものパンツスーツ姿の百恵が腰を下ろしていた。帰ってくるはずのない真子が現れたからか、百恵は幽霊でも見たかのように顔を引きつらせていた。

「百恵さん、何やってるんですか、人の家まで押し掛けて」

真子は彼女の前に歩み寄った。もっと乱暴な言葉で怒鳴りつけ、引っぱたいてやりたいところだったが、両親の前だということを思い出し、何とか堪えた。

「真子、学校はどうしたの？　文化祭の準備じゃなかったの？」

浩子が目を丸くして立ち上がった。訝しげに真子のことを見つめてくる。

「私は照明係だから、まだあんまりやることがないの。それより、お父さんもお母さ

「真子、座りなさい。とにかく話を聞こうじゃないか。細野さんとおっしゃいましたね。この際ですから、真子も同席させて話を聞かせてもらいます。正直言いまして、今聞いた限りでは、半信半疑どころかまったく信じられません。うちの娘がおかしいとおっしゃるのでしたら、本人を前にしてそれを証明してください」

正孝は断固たる口調で言った。相手の反論を許さない、威圧的な響きを含んだ口調だ。第一線で活躍するエリートビジネスマンの姿が、こんなところでも垣間見える。

さすがお父さん。いいこと言うじゃない。

どうやら正孝は、今のところ自分側についているようだ。だとすると、これはチャンスかもしれない。百恵をこのまま追い返すのは簡単だが、彼女の性格からして、これで諦めるとは思えない。何度でも両親と接触を図ろうとしてくるだろう。しかしここでけじめをつけておけば、両親は二度と彼女に会おうとしないのではないか。自分の中に、ふてぶてしい計算が浮かんでいた。

「わかりました。では、真子さんの前でお話をさせて頂きます。真子ちゃん、座って」

百恵は渋々といった感じではあるが、納得したようだ。奥に詰めて座り直し、席を譲ってきたが、真子はあえて両親の側に座った。

「早速ですけど、今しがたのお話を真子さんに確認させて頂きます。真子ちゃん、最近はお店でトラブルばかり起こしてるわよね？　オーダーミスも尋常じゃない量だし、その自覚はあるわよね？」

「仕事のミスを叱責しに来たんですか？　そういうのは、社員さんの仕事だと思うんですけど。いくらマネージャーだからって、バイトの百恵さんが家にまで来て、親まで巻き込んで言うことじゃないと思います」

百恵の顔色が変わった。真子のもっともな意見に、気勢を削がれたのだろう。

「真子、いいから答えなさい」

正孝が横やりを入れてきた。彼はきちんと百恵の話にも耳を傾け、冷静に状況を分析したいようだ。

「真子ちゃん、あなたの言う通り私は社員じゃないから、仕事の叱責をしようとは思わないわ。私が問題視してるのは、あなたがわざとそんなミスをして、店長を困らせてるということよ」

百恵は冷たい視線を刺してきた。彼女の発言を受けて、両親の目つきも変わった。覗き込むようにして、真子のことを見つめてくる。

嫌な女ね。お父さんとお母さんに、悪い印象を植え付けたいのね。

「そんなこと、わざとするわけないじゃないですか」

「わざとじゃない？　それはおかしいわね。あんなに仕事ができた真子ちゃんが急に、入りたての新人でもしないようなミスを連発するなんて、説明がつかないと思うんだけど」

百恵は身を乗り出して、真子の顔を真っ直ぐに見据えた。両親は口を挟まず、二人のやりとりを静観している。

真子は口の中が乾くのを感じた。少しずつだが、形勢が百恵有利に傾いている気がする。しかしこのまま、彼女の悪意に屈するわけにはいかない。

「最近は疲れてたんです。中間試験が終わって、文化祭の準備が忙しくなって、このあとは期末試験も控えてるし。高校生も何かと大変なんです。そんな時はミスぐらいしますよ」

動揺した様子を見せず、真子は努めて冷静な口調で言った。

「それじゃあ、ヤクザの件もわざとじゃないって言うの？　ヤクザを煽るようなことを言って、あのあと店長がどうなったか知ってるわよね？」

百恵はたたみかけるように、新たな質問をしてきた。何としてでも、自分を異常者にしたいらしい。こうなったらどちらが異常者か、白黒はっきりつけてやる。

「あれはたしかにやりすぎたと思います。店長にはご迷惑をお掛けしました。でもあの時は、あれが正しいと思ったんです。順番を守らずに席に着こうとする人たちに、悪いことは悪いって言うべきだと思ったんです。店長は脅されて殴られそうになってたし、私がやらなきゃって思ったんです」

「お父さま、お母さま、聞きましたか？　真子さんの取った行動は、たしかに正義感に満ちた素晴らしいことだと思います。でもよく考えてみてください。真子さんはそんな子ですか？　自らヤクザに立ち向かっていくような子ですか？　店長が殴られそうになってるのを目にしているのに、それでもヤクザにたんかを切るような子ですか？ご両親なら誰よりも、娘さんの性格をご存知のはずです。この時点で、何かおかしいと思いませんか？」

百恵は両親の方に体を向け、訴えかけるような口調で言った。両親も同意したように頷き、怪訝そうな目をして真子を覗いてくる。

はめられた。この女、最初からこれを狙って……。

誘導尋問以外の何ものでもない。百恵は、ヤクザの事件の際の真子の行動が、意図的かどうかを聞きたかったわけではないのだ。その行為を真子に認めさせ、行為自体の異常性を示したかったのだ。普段の真子ではないことを、両親に伝えるのが目的だったのだ。

頭の芯が異様に痛む。神経がささくれ立ち、百恵の姿を見ているだけで腸が煮えかえる。ふいに、左手に痛みを感じた。知らぬ間に、親指の爪を強く噛んでいた。

「お父さんもお母さんも、騙されちゃだめだよ。私だってバイトをして、社会の厳しさを知って、少しだけど強くなったんだよ。言わなきゃいけないことは言うって決めたから——」

「お父さま、お母さま、真子さんの携帯電話を見てください。送信メールの履歴を見れば、すべてがわかります」

伝家の宝刀を引き抜いたとばかりに、百恵は自信に満ちた目をしていた。勝利を確信したような、憎たらしい顔つきをしている。

くそっ、この女、なんて狡猾なのよ。

携帯電話の送信メールの履歴には、片桐への愛のメールが山ほど残っている。もちろん、これが悪いことだとは思わない。しかし両親がこれを見たら、余計な心配をすることだろう。片桐との関係は、誰にも邪魔されたくない。たとえ両親であっても、一切干渉されたくない。

「もういい加減にしてよ。メールなんて、人に見せるものじゃないでしょ。何でそんなこと言うのよ。百恵さんは何がしたいのよ！」

真子は立ち上がり、怒りを吐き出すように大声を張り上げた。そしてそのまま百恵の腕を引っ張り、強引に連れ出した。百恵は「真子ちゃん、落ち着いて」と声を掛けながら抵抗を見せたが、真子は構わず引っ張っていった。もう落ち着いてなどいられない。

「帰ってよ！　もう二度と私の前に顔を見せないで！」

玄関の扉を開けたところで、浩子が何やら声を掛けてきたが、落雷の音にかき消されて内容はわからなかった。

「心配しなくていいから」

浩子に声を掛け、真子は玄関の扉を閉めた。あらがう百恵を庭から押し出し、壁の向こうまで連れていった。これ以上つきまとわれたらかなわない。今ここで、百恵との関係を断ち切りたい。

「真子ちゃんに黙って、いきなりご両親のところへ来たことは謝るわ。でも聞いて。真子ちゃんは病院に行くべきなの。怖いことは何もない。何なら私がついていってあげる。精神科の先生とお話をして、薬をもらうだけ。ただそれだけだから」

百恵は真子の両肩に手を当て、すがるような目をして訴えてきた。ショートカットの髪が雨に濡れ、毛先から滴が垂れている。ジャケットもインナーのブラウスもびしょびしょになっていたが、彼女はまったく気にする様子を見せなかった。

「私はこんなに幸せなのに、何で病院になんか行かなきゃならないのよ。もう帰って！話すことなんて何もないよ！」

激しい雨が真子の体を濡らしていた。これ以上こんな無意味な会話を続けていてもしょうがない。真子は百恵を思いっきり突き飛ばした。

ぬかるんだ地面に尻餅をついた百恵は、怯えと諦めが入り交じったような目をして真子を見上げた。想像を超えた「現実」に打ちのめされ心が砕けた、そんな表情をしている。

「ごめんなさい。私のせいよ、ごめんなさい……」

突然、百恵が顔をくしゃくしゃにして泣き出した。雨と涙が混じり、彼女の顔はみすぼらしく崩れていた。美貌が台無しだ。

「全部私のせいよ。最初に店長に相談するように勧めたのも私だし、店長のストーキングに対して、ストーキングで対抗するように指示したのも私。そのせいで、真子ちゃんがこんなふうになっちゃって……」

百恵は喉の奥で低く呻き、全身を硬直させた。これ以上彼女の相手をしていても、時間がもったいないだけだ。真子はふんと鼻を鳴らしてから振り返り、家に入った。

両親はリビングルームの外まで出てきて、心配そうに真子の様子を窺ってきた。

「真子、今の話……」

どちらかというと、浩子の方が気にしているらしい。おどおどした様子で、じっと真子のことを見つめている。

「あの人、お店でも評判が良くないの。大学で心理学の勉強をしてるらしいんだけど、何かというと人を精神病扱いして、カウンセリングを受けろだとか、精神科に通院しろだとか言うの。それでみんな迷惑してるのよ」

「そうなのか。たしかにこんな話をするために、いきなり家に押しかけてくるというのは常識外れだな。彼女の方がおかしいような気もするよ」

正孝は安堵したような表情を見せた。真子のことを信用してくれたようだ。

「だから心配しないで。私やバイトの子を、実験台か何かだと思ってるだけだから」

「一度、店長さんに相談した方がいいんじゃないか？　あの店長さんならきっと、早急に対応してくれるだろう。真子、そうしなさい」

「うん、そうする。お父さん、ごめんね。せっかくの休みがこんなことで潰れちゃって」

真子は満面の笑みを作って、正孝にすり寄った。

「別に大したことないさ。二度と彼女の相手はするな。電話があっても無視しなさい」

「うん。あ、あとで携帯見せるから」

「いいよ、そんなことしなくても」

正孝は真子の想像通り、物わかりのいいところを見せてくれた。

真子は勝利の快感に浸っていた。これで厄介な百恵に、片桐との関係を邪魔されることはなくなった。両親も干渉してくることはないだろう。

最高の気分ね。

思いきり笑い声を上げたい気持ちを、真子は必死に抑え込んだ。

27

最近まで続いた残暑もやっと影を潜め、近頃はすっかり肌寒さを感じる。季節の移り変わりは早い。冬もすぐそこまで来ていることだろう。

仕事から帰った片桐はガレージに車を止め、しばらくそのまま動かなかった。エンジンを切るところまではできたのだが、次の動作をする気になれない。右手で扉を開けて足を踏み出すだけなのに、たったそれだけの動きが億劫に感じられる。片桐はパジェロのシートに体を預け、何気なく前方を見やった。住宅街を通る小道には木の葉が舞っていた。風に吹かれて、その数枚がガレージの中に迷い込んでくる。パジェロのフロントガラスにもそのうちの一枚が貼りついていた。

百恵は昨日、真子の両親に会いに行ったはずなのだが、その報告はない。うまくいかなかったのだろうか。もしそうだとすると、残された頼みの綱は佐知だけということになる。自分の顔が、土気色に変わっていくのを感じる。

一昨日の高揚が嘘であるかのように、心が沈んでいた。やはりこの状況は何も変わらない。希望を抱いた自分が馬鹿に思えてくる。

片桐は外界を眺めながら脱力した。何もする気がしなかった。何もしたくなかった。自分を取り巻くすべてのことが面倒に思えてきて、活力を失っていた。

間もなく夕方の五時になる。ガレージの外は早くも薄暗くなり始めていた。日が暮れるのも早くなり、夜が訪れると同時に身を切る冷風が吹きつける。

片桐は目を閉じた。そしてここ最近の出来事を思い出した。思い出したくないのだが、勝手に頭に浮かび上がる。仕事はほとんど手につかなくなった。仕事に行っても、とりあえず店に入ることとしかしていない。店長という立場上、事務的な仕事が山ほどあり、今までそれらは残業をして片付けてきたのだが近頃はまったく手につかない。誰かがやってくれるわけでもない。いずれはやらなければならない仕事だとわかってはいるのだが、やる気がしない。だから今日も片桐はこんな時間に帰宅したのだ。

ゲームのつもりだったのに……。ちょっとした遊びだったんだよ。それなのに、何で俺がこんな目に遭わなきゃならないんだよ。

片桐は両手で頭を掻きむしった。あの誕生日以来、直接真子と顔を合わせたのは一回だけだ。真子はアルバイトには週に一度入るか入らないかという状態だ。アルバイトは辞めてもらおうと考えたのだが、半ば辞めているようなものなので余計なことはしないでおいた。何かをして真子の神経を逆撫ででもしたら、どんな目に遭わされるかわからない。今よりも酷い仕打ちを受けるかもしれないと思うと、恐ろしくて何もできない。

どうしてあんな子になっちゃったんだ。昔は違っただろ。真面目で健気で、純情を絵に描いたような子だったのに。

片桐は昔の真子の姿を思い浮かべ、懐かしさとともに後悔の念を感じた。その純情無垢な少女をこんなふうにしてしまったのは、自分のせいかもしれないと思った。

あの頃の真子に戻って欲しい。そう願うのだが、そんなことが無理であることは承知していた。今の真子の状態を見ればわかる。真子は狂ってしまったのだ。真子は精神を病んでしまったのだ。

これ以上真子のことを考えても気が滅入るだけだと思った片桐は、ようやく重い腰を上げた。車から降りて外の乾いた空気に身を当てた。

寒い。片桐は体をぶるっと震わせた。本格的な冬が到来したら、もっと寒くなることだろう。いったいいつになったら解決するのだろうか。冬が終わる頃か。桜の花弁が舞う頃か。再び暑さが到来する頃か。それともこのままずっと……。何を考えても最終的には暗い結論が導き出される。

片桐はそんな思いを振り払おうと、頭を左右に振ってから歩き出した。ガレージを出てシャッターを閉めた。ガラガラという重圧のある音が鼓膜を刺激する。聞き慣れているはずの何気ない音まで不快感を与えてくる。

目にするもの、耳にするものすべてが怖かった。片桐は自分が壊れていくことを自覚していた。しかしどうにもならなかった。どうやってそれを止めればいいのか、まったく見当がつかなかった。そしてそんなことを考えること自体が面倒臭かった。

玄関へと通じる石段を上る前に、片桐はふと辺りを見渡した。いつもと同じはずの光景が何となく違って見えた。

これも気のせいだよな。俺は疲れてるんだ。

片桐はそう自分に言い聞かせ、石段を上り始めた。一歩、二歩と足を踏み上げたところで歩みを止めた。そして急いで振り返り、家の前の公園の一角に目をやった。

「枝里香！」

片桐は腹の底から声を絞り出した。冷たい血が勢いよく全身に広がっていく。片桐は一直線に駆け出した。アスファルトの小道を大股で横切って公園に入ると、枝里香のいる砂場を目指して全力疾走した。

「枝里香！」

片桐は砂をまき散らして、枝里香の元へ駆け寄った。焦れば焦るほど足がもつれる。片桐は砂に足を取られ、前屈みにつんのめったが、枝里香の体だけはしっかりと抱きしめていた。

「パパ、痛いよお！」

枝里香は泣き出した。片桐に抱きかかえられたまま砂の上に寝転がる枝里香は、怯えるようにして泣きじゃくった。

「何してるんだよ！」

片桐は枝里香の体を抱き起こすと、傍らにいる女を怒鳴りつけた。たった今、枝里香とここで砂遊びをしていた女、真子だ。セーラー服姿の真子は、不敵な笑みを浮かべていた。

「枝里香ちゃんとお砂遊びをしてただけですよ」

片桐の怒りは頂点に達していた。

「枝里香に触るな！　二度と枝里香に近付くな！」

片桐は怒鳴り声を上げることしかできなかった。そうやって怒りを伝えることしかできなかった。そんな行為が意味を持たないということはわかっていた。そんな訴えが真子に届くとは思わなかった。しかしそれでも片桐は真子に向かって怒声を発した。

「お姉ちゃん、恐いよお。パパが恐いよお」

真子のことに気を取られ、片桐が一瞬力を抜いたすきに、枝里香は片桐の腕をすり抜けて真子の元へ向かった。真子はかがみ込み、走り寄っていく枝里香の体を受け止めた。

「枝里香！　こっちに来なさい！」

片桐は大声を張り上げた。何が何だかわからなくなり、ただ怒りを口にするしかなかった。恐怖から逃げるために大声を張り上げているのかもしれない。

「パパ嫌い！　せっかくお姉ちゃんと作ったお山を壊しちゃったんだもん。パパなんか嫌い！」

枝里香は涙声で訴えた。真子の胸に顔を埋め、片桐の顔を見ようともせずに泣きじゃくっていた。

片桐は足下に目を落とした。プラスチック製の赤いスコップとバケツが転がっている。そして砂山の痕跡が残っていた。片桐が踏み潰した砂山は、麓のあたりだけがかろうじて姿を留めていた。

「枝里香……」

片桐の目に映る枝里香は、肩を震わせて真子に抱きしめられている。無理矢理真子の元から引き離そうとしても、絶対に言うことを聞かないだろう。片桐は敗北を感じた。これまでとは比べものにならないほどの脱力感に襲われた。諦めと絶望に満たされ、急速に自信を失っていく。

「あなた、どうしたのよ、大きな声を出して。塩出さんは枝里香と遊びに来てくれたのよ。さっきからずっと面倒を見てくれてたのに」

　エプロン姿の尚美が駆け寄ってきた。夕食の準備をしている間、真子に枝里香の世話を頼んでいたのだろう。

　片桐は途方に暮れた。後方に倒れるようにして尻餅をつき、そのまま砂の上で仰向けになった。

「ちょっと、何やってるの？」

　尚美が怪しいものを見るような目をして近付いてきた。彼女の目には、常軌を逸した行動に映っていることだろう。

　しかし片桐にはもう、言葉を返す気力も残されていなかった。尚美は両膝をついて片桐の顔を覗き込んでいたが、片桐の瞳にはその尚美の肩越しに見える夜空が映っていた。まだ完全に闇に包まれたわけではないのに、早くも星々が輝きを放っていた。昔小学校の授業で習った覚えのある星座が、夜空に姿を現していた。こんなにじっくり星を見上げたのなんて何年ぶりだろうか。

　何だかちょっと疲れたよ。このまま眠りたいな。

　片桐はぼんやりと星の輝きを見つめていた。さきほどまでは寒いとしか感じなかった夜風が、妙に心地好く感じられた。

28

真子は下北沢駅に向かい、狭い通りを歩いていた。午後三時半。放課後のこの通りは、真子と同じセーラー服を着た少女たちで、おもちゃ箱をひっくり返したような状態になる。しかし渋谷を歩く少女たちのように、奇声や嬌声を発する子はひとりもいない。笑い声を上げる時は必ず手で口を押さえるような、上品を絵に描いたような生徒たちだ。

真面目ぶって勉強ばかりして、何が楽しいんだろう。女子高生なんだから、やっぱり恋をしないとね。

真子は心を弾ませて歩いていた。最近はいつもひとりで帰宅する。四、五人で固まって帰宅する少女たちが、冷たい視線を刺してくるのがわかる。スカート丈を短くし、化粧をしている真子が異端児に見えるのだろう。

しかし真子は何とも思わなかった。逆に彼女たちが可哀想に思えてくる。愛する人も、愛してくれる人もいないから、同級生と友達ごっこをしているのだろう。そうやって淋しさを紛らわせているのだと思う。

真子は優越感に浸りながら、駅を目指して歩いた。今日はアルバイトの日だ。しかも片桐が遅番シフトなので、久し振りに一緒に仕事ができる。真子はこの上ない高揚を感じていた。秋晴れのすがすがしい気候が、最高に気持ち良かった。

「真子！　やっと見つけた。チョー待ったんだからね」

車通りの激しい大通りに差しかかった時、弾けるような声が響いてきた。交差点の前で、佐知が飛び跳ねている。赤いキャミソールの上に白いパーカーを羽織った彼女は、両手を振って笑みを見せていた。なぜ彼女がこんなところにいるのだろうか。そんな単純な疑問とともに、煩わしさが湧き起こる。

「メール入れても電話しても繋がらないから、来ちゃったよ。学校サボっちゃったから、さっきお巡りさんに名前とか聞かれちゃった。それより真子、やっぱすごいお嬢さま学校に行ってるんだね。みんなチョー真面目っ子ばかりじゃん。アタシの学校でこんな子たち見たことないよ」

佐知は周りの生徒たちを眺めながら、感心したような表情を浮かべている。逆に生徒たちは、珍獣を発見したかのような驚きの顔をしていた。

「それで何よ、こんなところまで来て」

真子は努めて不機嫌な声を出した。不愉快な思いを伝えたいと思うのだが、佐知にはまったく効き目がなかったようだ。彼女は平然と喋り出した。

「あのさあ、ホントは言っちゃいけないんだけど、実は百恵さんに頼まれたんだよね。どんな話をするかとか、いろいろ気を付けることとか、紙にいっぱい書いてくれたんだけど、ほら、アタシってバカじゃん。だからよくわかんないし、覚えられなかったんだよね」

佐知は頭を掻きながら、声を出して笑った。

その瞬間、真子の中で凶暴な衝動が真っ赤な炎のように燃え上がった。

今度は佐知を利用するつもり？　どこまで卑怯なのよ、あの女は。

「その紙、今持ってるの」

「そっか、持ってくればよかったのかあ。でも、紙見ながら言ったんじゃ、変に思うじゃん？　でね、その紙を渡された時さ、店長もいたんだけど、みんな真子のこと心配してるんだよ」

真子の心臓が飛び跳ねた。百恵は片桐にまで接触して、余計なことを吹き込んでいるということか。

「百恵さんは店長とどんな話をしてたの？」

「アタシがスタッフルームに行った時には、もう話が終わってたみたいだからよくわかんないんだけどね、みんなで協力して真子の病気を治そうって感じになったわけ」

佐知はあっけらかんとした口調で言った。おそらく彼女は、何もわかっていないのだろう。自分が利用されていることも知らずに、のこのこと真子の前に現れたのだ。そんな無知な佐知にも腹が立つが、その何百倍も百恵が憎い。

体の中心で激しい怒りが渦巻き、猛り狂っていた。奥歯を強く嚙みすぎて、口の中に血の味が広がった。

「とにかくさ、病院に行った方がいいらしいよ。アタシも最近の真子は、ちょっと変かなって思ってたんだよね。だから——」

「うるさい！」

真子は力の限り、大声を出した。辺りが水を打ったように静まりかえり、同級生たちが驚愕と好奇のこもった視線を送ってくる。

「私の邪魔しないでよ。何でみんな、私に干渉するのよ。ほっといてよ」

真子は佐知の肩に自分の肩を激しくぶつけ、そのまま前進した。怒りとともに焦燥感が湧き起こる。せっかく今日は片桐と一緒に仕事ができる日だというのに、邪魔者のせいでその時間が削られてしまう。真子は駆け足で交差点を渡った。

瞬間、誰かの悲鳴と忙しないクラクションが、両方の耳を同時に襲った。顔を横に向けると、大型バスの四角いフロントがすぐそこまで迫っていた。

体が動かない。足の裏が地面に吸いついたように、ぴくりとも動かない。体の血流が一瞬止まってしまったかのように全身が硬直した。

「真子、危ない！」

甲高い叫び。それが佐知の声だと気付くとともに、体が抱きかかえられるような強い力を感じた。佐知の引きつった顔が目の前にある。どうやら彼女が真子を抱きしめているらしい。

佐知の力で前方に投げ出されそうになった瞬間、真子は雷に打たれたような衝撃を感じた。これまでの人生で受けた痛みをすべて束ねたような、そんな激痛が津波のように全身を走り抜ける。

体が宙を舞う感覚。しかし佐知の腕はしっかりと真子を掴まえている。佐知も一緒に撥ねられたということか。

佐知……。

あらがえない激痛の中で、視界がゆっくりと暗転していった。

29

光を感じる。目で見ているというよりも、網膜を素通りして直接頭の中に入ってくるような感覚。真子はそんな眩しさを感じながら、ゆっくりと瞼を持ち上げた。

まず視界に入ったのが、染みひとつない真っ白な天井。その一角から、蛍光灯の明かりが充分すぎるほどに放たれている。

アルコールのようなつんとする臭い。どこかで嗅いだ記憶がある。その記憶をたぐっている間に、視力がかなり回復した。それほど広くない簡素な部屋。真子は自分がベッドに横たわっていることに気付いた。

「あっ！　真子が起きた！」

頭にきんと響く金属を切るような声。真子は顔をしかめながら、声の主を確認した。ベッドサイドに、佐知の弾けた笑顔がある。入院患者が着るような水色のガウンを着た彼女は、真子の顔色を窺うように顔を寄せてきた。なぜか、あの佐知が化粧をしていない。そのせいで、落ち着いた顔立ちに見える。佐知は金髪をひとつに束ねて、額に包帯を巻いていた。怪我でもしたのだろうか。

「ここどこ？」

自分の声がかすれていた。口を動かす筋肉の働きが鈍い。

「病院だよ。一昨日、アタシたちバスに撥ねられちゃったじゃん。それで救急車で運ばれたんだよ。今夕方だから、真子は丸二日も寝てたんだよ。ちょっと寝すぎだよ。アタシだってそんなに寝たことないよ」

佐知は辺りの静けさを破る、豪快な笑い声を上げた。

そうか、私が道に飛び出して……。

真子は記憶を探りながら、視線だけを動かして辺りを確認した。テレビにテーブル、スイートピーらしき赤い花が生けられた花瓶。他にベッドがないところを見ると、どうやら個室のようだ。

そうだ、私は店長に会いに――。

「！」

起き上がろうとした瞬間、全身に電気を流されたような鋭い痛みが駆け抜けた。続いて体の節々が重たい痛みを伝えてくる。全身の骨と関節が、猛烈に抗議してくるかのようだ。

「まだ動いちゃだめだよ。いろんな骨が折れちゃってるんだから」

佐知はまくれ上がった掛け布団を直してくれた。彼女はこうしてずっと、自分の傍にいてくれたのだろうか。

真子は顔だけを動かし、自分の姿を確認した。ギプスのはめられた左足が吊されている。右腕も固定されている。胸にも強い圧迫感を感じる。テーピングのようなもので、胸部がぐるぐる巻きにされているようだ。

何でよ、何で私がこんなことに……。店長に会いたいのに。

急速に無力感にさいなまれていく。再び燃え上がろうとした熱い高揚に、冷水を浴びせられたかのようだ。真子は、悔しさに涙が滲むのを感じた。

「さっきまで真子のパパとママがいたんだよ。でもママが体調崩しちゃったみたいで、パパが家に連れて帰ったよ。真子のこと心配しながら、ずっと寝ないで付き添ってたからだと思うよ」

波立つ真子の心に、佐知の言葉が静かに浸透してきた。頭の中に浮かぶ片桐の顔の横に、両親の顔が浮かび上がる。母親の体調は大丈夫だろうか。父親は会社を休んでくれたのだろうか。

「それから、百恵さんもずっと付き添ってくれてたんだよ。今は真子の家に行ってる。ママに代わって、真子の着替えを取ってくるって言ってたよ」

百恵という名を聞いて、背筋に氷のようなものが走った。気管が締めつけられているのか、息を吸うことももままならない。当然だ。片桐に対する真子の純粋な思いを、彼女は幾度となく汚い手で握りつぶそうとしてきた。その百恵に対する嫌悪は何ら変わるものではない。しかし……。

何でよ。何で私のために……。

以前に感じたような激怒のような荒々しい感情は湧いてこない。体が動かないせいで、心が弱気になっているのだろうか。激情の代わりに、様々な疑問が上昇気流のように湧き上がってくる。なぜ彼女はそこまでするのか。真子のために何かをしようとする思いはどこから来るのか。何とも言えない妙な感覚が、真子の中を這いまわる。戸惑いが濃霧のように広がっていく。

そういえば、佐知も……。

「佐知は大丈夫なの？」

声を発するだけで、肋骨が悲鳴を上げる。当然弱々しい呼吸になり、声が小さくなる。

「アタシは頭を打っただけ。でも精密検査をするから、しばらく入院するんだって。CTなんとかってやつとか、他にも難しい名前の検査をするって言ってた。でもさあ、アタシってバカだから、頭打って、ちょっと賢くなった気がするんだよね」

「痛い……。佐知、笑わせないで。肋骨が痛いよ」

胸の辺りで重々しい痛みが起こる。笑うことすら許されないとは、どうやら自分はかなり重症のようだ。

「真子の笑顔、久し振りに見た気がする。前はそうやってかわいらしく笑ってたよね。ねえ真子、アタシは百恵さんみたいに専門的なことはわかんないけど、アタシなりに考えてみたんだあ。でさ、真子が本気で人を好きになったんだったら、無理に止めることないんじゃないかって思うんだよね。アタシもそうだけど、誰かを好きになると周りが見えなくなるもんじゃん。だから百恵さんが言うほど、大袈裟なことじゃない気もするし。アタシは真子のこと大好きだから、真子の恋だって応援したい。アタシもこれからどんどん真子に相談とかするから、真子もひとりで突っ走るのはやめて、相談してよ。五明さんの時は冷たいこと言っちゃったけど、アタシだってバカはバカなりに考えて、たまにはいいこと言うからさあ」

佐知は以前とまったく変わっていない。黄色い歯を剥き出しにした笑顔も、少し早口でけだるい感じのする喋り方も、何もかもが昔のままだ。真子があれほど辛く接したというのに、なぜこんなに真子のことを思ってくれるのだろうか。

片桐に対する熱い思い、それは今も何ら変わらず抱き続けている。しかしそれと同じくらいに、佐知や百恵、そして両親の思いやりに対する何とも言えない複雑な感情が湧き上がる。

真子の目頭に、熱いものがこみ上げてきた。もう少しで溢れ出しそうだ。

「それでさあ、早速相談なんだけど、あたしの担当のお医者さんが、チョーかっこいいの。入院してる間に告《コク》っちゃった方がいいかな？　さっきもそのお医者さんの検診があったから、わざと胸をはだけて寝てたんだよね。そしたら顔を真っ赤にしちゃって、チョーかわいいの。だから明日は真っ裸《マッパ》で寝てようかと思うんだけど、どう思う？」

真子は我慢ができず、声を出して笑ってしまった。お陰で全身がひずむような激痛を感じた。

「あっ、ヤバい。もう戻らなきゃ。看護師さんがチョー恐いの。アタシって甘いものが大好きじゃん。だからママとオネエがチョコを持ってきてくれたんだけど、それ食べてたらめっちゃ怒り出しちゃって大変だったんだから。アタシはこの下の大部屋にいるから、いつでも遊びに来てね」

真子は笑いを必死に堪え、心の中で「動けないもん」と呟いた。

「じゃあね」

佐知は手を振って退室しようとした。束ねられた金髪が、大きく揺れている。

「佐知、ちょっと待って」

真子は絞り出すように声を発した。佐知が「なあに？」と笑顔で振り返る。

「メールや電話を無視したり、会ってもまともに口をきかなかったりしたのに、何でそんなに優しくしてくれるの？　何であの時、自分が危ない目に遭ってまで私を助けようとしたの？」

佐知はゆっくりと戻ってきて、真子の顔を真っ直ぐに見つめた。

「そんなの決まってるじゃん。友達だからだよ」

佐知の笑顔が眩しい。頬に温かい液体が伝うのを感じる。胸が締めつけられるように痛かった。肋骨が折れているから。いや、たぶんそんな理由ではないと思う。

エピローグ

1

広大な駐車場の一角に車を止めた片桐は、外へ出るやいなや体を震わせた。雪混じりの寒風が吹きつける。冷たい風とともに片桐の周囲を舞う粉雪のひとつひとつが、凶器にも似た鋭さをもって肌に突き刺さってくる。辺り一面には雪化粧がなされている。辺りとはいっても、店舗と駐車場、そしてだだっ広い草原が広がっているだけの殺風景な場所だ。

午前一〇時。見上げれば、空一面を暗灰色の雲が覆っている。もしかしたら吹雪くかもしれない。

片桐は大自然を見渡しながら、店舗の裏口に向かって歩き出した。こんなに広大な駐車場が必要ないこともわかっている。現にこの二週間、この駐車場が満車になったところを見たことはない。

粉雪が綿飾りのようにまとわりついてきたので、片桐は歩を速めた。

急な決定だった。片桐は一一月一日付けで、北海道の長万部《おしゃまんべ》の店舗に異動した。しかし異動とは名ばかりで、事実上の左遷だった。新百合ヶ丘店での度重なる不祥事の責任を取らされたのだ。しかしそれも当然だ。心当たりはいくつもある。ヤクザの事件や食中毒騒動などで客と何度も揉め事を起こしたこと、池谷チーフの懲戒解雇、そして極めつけは片桐自身が仕事を放棄しているような状態になっていたことだ。

店舗に入る前に、片桐はもう一度辺りを見渡した。そして大きく深呼吸をした。空気が本当においしかった。空気に味があるということは、この地へ来て初めて知った。吐き出す息は白く、それを見るとあらためて寒さを痛感する。ロングコートにマフラーと手袋を着用し、完全防寒のはずなのだが北海道の寒さは甘くない。体の芯まで寒さが届く。

初めて経験する北海道の冬はすさまじい。東京では一冬に一度降るか降らないかという大雪が、まだ一一月だというのに降り続く。車がなければ生活できない地なのだが、スタッドレスタイヤなど役に立たない。片桐は久し振りにタイヤにチェーンを巻いた。

幸い尚美と枝里香はこの地への移住を喜んでくれた。東京では見たことのないような大雪を目の当たりにして、枝里香ははしゃいでいる。意外なことに、尚美も自然の中で暮らすことを楽しんでくれているようだった。そんなふたりの姿を見ていると、片桐はあらためて家族の大切さを実感した。家庭という温かい場所があり、そして最愛の家族がいてくれるだけで、人は幸福を感じることができるのだ。それ以上を望むのは、罰当たりなのだと思う。

真子のその後については、詳しいことはわからなかった。佐知とともに交通事故に遭ったということは聞いているが、その直後に異動してしまったため、詳しい情報は入ってこなかった。百恵から聞いた限りでは、真子は精神面でも回復に向かっているということだったが、今となってはどうでもいい。この地で家族と平和な暮らしができれば、それでいい。

さてと、今日も一日頑張るかな。

こうやって仕事に集中できるというのも、幸せなことだと思う。片桐は店に入り、電気をつけてから機材の電源を入れた。ガスの元栓を開き、一通りの機材のセットアップが完了したところで手を休めた。東京の店ならば、今頃大忙しのはずだ。モーニングからランチへの切り替え、日替わりランチのスープを用意して、揚げ物を揚げ始める。しかしこちらではそんなことをする必要がないので、これで手が空いてしまう。〈アスターシャ長万部店〉に、社員は店長の片桐しかいない。アルバイトマネージャーもふたりだけだ。一一時半に開店して、夜の九時に閉店してしまう店なのだから、それで充分だ。ホールは常にひとりかふたり、厨房も同様の人数でこなしている。つまりどんなに多い時でも店内に従業員は四人しかいない。基本はホールひとり、厨房ひとりだ。

　開店時間までまだ余裕があったので、片桐はホールに向かった。駐車場は広いが、店舗の規模は新百合ヶ丘店よりも小さい。片桐は窓際の席に腰を下ろし、手にしていたショルダーバッグをテーブルの上に置いた。昔は書類がファイリングされないまま無造作に放り込まれていたのだが、今はほとんど何も入っていない。スタッフルームがないため、手袋やマフラーをしまうのに持ってきているだけだ。

　バッグの中からタバコと新聞を取り出したところで、厨房からブザー音が聞こえてきた。セットしていたコーヒーが沸いたことを知らせる音だ。自分だけのために沸かしたコーヒーを取ってきた片桐は、カップに口をつけながら窓の外を眺めた。熱いコーヒーが腹の底に沈んでいき、冷え切った全身に温かい安らぎを運んでくれる。またこんなのんびりした時間が過ごせるとは、半年前には考えもしなかった。飲み慣れているはずのコーヒーが、極上の味に感じられる。

「おはようございます」

　従業員通用口から、女性の快活な声が響いてきた。開店時間から入る、パートの主婦だ。主婦とはいっても新妻らしく、まだ二一歳だと聞いていた。顔に幼さが残る、元気な女性だ。

「おはよう、随分早いね」

「家にいても、お義母さんと喧嘩するだけなんで。店長って、東京の人ですよね？だったらわかると思いますけど、地方の人ってしきたりとかうるさいじゃないですか。私は夏に嫁いできたんですけど、もう嫌気が差してきちゃいました。旦那とは短大の時に合コンで知り合ったんです。私が一方的に好きになって、猛烈にアタックしてゴールインて感じだったんですけど、早まったかなって、ちょっと後悔してます」

　彼女はかわいらしく頭をかきながら、舌をちょこんと出した。二〇歳そこそこの東京の女性が、いかにも言いそうな台詞だ。しかも、捲し立てるように愚痴をこぼすところをみると、相当ストレスがたまっているようだ。

「まあまあ、そう言わずにがんばりなよ。偉そうなことは言えないけど、結婚生活っていうのは、試練の連続なんじゃないかな。君にとっては、それが最初の試練なのかもしれないしね。でも神様は乗り越えられない試練は与えないっていうから、その壁を越えると、きっと何か得るものがあるんじゃないかな」

　片桐はたしなめるような口調で言った。自然とこんな言葉が出てきた。昔は絶対にこんなことを言ったりしなかったが、今は自分の言葉に自信が持てる。

「いいこと言いますねえ。やっぱり店長は大人ですね。言葉が重いっていうか、実感がこもってるっていうか」

「そんなことないよ。僕はまだまだ大人になりきれてない。これからもたくさんのことを学んで、成長してかなきゃならないと思ってるんだ」

自分はまだ未熟だ。それを自覚した上で、精進していこうと思う。日々の生活に飽きることなく、家族を大切にして過ごしていけば、今より何倍も立派な人間になれる気がする。そうやって生きていけば、幸せを感じ続けることができるのではないか。

「店長の話を聞いてたら、私もがんばらなきゃなって思えてきました。ありがとうございます」

彼女は愛らしい笑みを見せ、軽く頭を下げた。こんなふうに部下から感謝されるのは、初めてかもしれない。これからは、下の者から慕われるような上司になりたいと思う。誠実さを忘れずにいれば、自然と人はついてきてくれるのではないだろうか。

「ところで店長って、独身ですか？」

彼女は急に落ち着いた表情を見せた。心なしか、声が艶めかしさを帯びたような気がした。直後に、片桐の胸の中で、不安が雨雲のように広がっていった。最悪の記憶が顔を覗かせる。

部下から慕われるのは嬉しいが、それ以上の感情を抱かれるのは困る。職場での面倒事は懲り懲りだ。

「だ、だ、だめだよ。僕は結婚してるし、子供もいるんだから」

片桐は慌てて両手を振り、拒絶の意志を伝えた。

「なに勘違いしてるんですか。家族がいるんだったら、明日の店長の歓迎会に是非連れてきてくださいって言おうと思ったのに。ちょっと店長、自意識過剰なんじゃないですか。前のお店では、そんなにモテたんですか？」

彼女は口の端を歪めて、からかうような口調で言った。

「そ、そうか、そういうことか。ごめん、ごめん」

安堵がこみ上げ、片桐は声を出して笑った。

もういい、もう火遊びはごめんだ。ここで家族と幸せな時を過ごすと決めたのだから。

ふと窓の外を眺めると、鉛色の雲が薄くなり、陽光が射し込んでいた。

2

新百合ヶ丘駅前のファーストフード店は、休日ということもあり、夕方だというのにほぼ満席の状態だった。窓の外は薄く雪化粧されていた。粉のような雪が穏やかに、しかし絶え間なく空から下りてくる。雪の粒ひとつひとつの形がはっきりと確認できる。このまま夜まで降り続けば、交通機関が麻痺するほどの積雪になりそうだ。

「だめだ、寒すぎる。アタシ寒いの苦手なんだよね」

テーブルの向かいに座る佐知は真っ赤なファーコートを着ているのだが、両手で自分の体を抱え込むようにして震えていた。彼女の前には冷たいドリンクが置かれていて、時々ストローを通して息を吹き込み、ぶくぶくと音を立てて喜んでいる。

「冷たいもの飲んでたら、寒いに決まってるよ。はい、私のココアあげる」

真子はまだ口をつけていないココアを、佐知の前に差し出した。瞼が真っ青になるほどの化粧をした佐知が、嬉しそうに微笑んだ。

「サンキュ、サンキュ。やっぱ真子は気が利くね。ところでさあ、真子はお正月何してたの？」

佐知は早速ココアに口をつけ、「あちっ」と顔をしかめている。

「三が日は家で勉強してたけど、それ以外はリハビリ」

真子は傍らに置いた松葉杖を持ち上げて見せた。一二月中旬に退院した真子は、松葉杖での生活をしながらリハビリに通っていた。肋骨と右腕は完治し、残るは左足だけになっていた。しかしすでにギプスも取れているので、順調な回復といえるだろう。

真子はあらためて、自分の体に視線を這わせた。ベージュのニットワンピースの上に水色のコートを羽織っているのだが、少し寒さを感じる。店内の暖房が弱いのだろうか。足下から冷たい空気が這い上がってくる。ハイソックスで防寒しているとはいえ、テーピングをした左足がずきずきと痛む。

でも、よくここまで治ったよね。これもみんな、佐知と百恵さんのお陰だね。

骨折は放っておいてもいつかは治る。しかし心の病が晴れたのは、間違いなく佐知と百恵のおかげだ。入院生活中、ふたりは一日も欠かさず、真子の元を訪れてくれた。頭部の精密検査で異常の見られなかった佐知は、いち早く退院したが、それでも毎日駆けつけてくれた。何気ない世間話をして、真子の心を癒してくれた。それがカウンセリングのようなものだったのではないかと、真子は思っている。退院を目前に控えた頃に、片桐が北海道の店舗に異動したことを聞かされたが、何とも思わなかった。

「そっかあ、真子はリハビリ中かあ。でもアタシもなんだよね。アタシは恋のリハビリ中。アタシさあ、退院する時、担当のお医者さんに告ったんだよね。そしたら『無理、無理』って、本気で拒絶されちゃった。やっぱ検診の時にマッパで寝てたのがいけなかったのかなあ」

佐知は腕を組み、首を傾げている。

本当に裸で寝てたんだ……。フラれて当然だよ。

真子は申し訳ないとは思いながらも、笑いが堪えきれなかった。だから口を両手で覆って、小さく吹き出した。

「ねえ真子、百恵さんから連絡あった？」

佐知は突然話題を変え、身を乗り出して聞いてきた。

「昨日、手紙が届いたよ。ごめん、持ってくればよかった。すごく元気そうだよ。向こうの子供たちと一緒に撮った写真も入ってて、百恵さん、顔中泥だらけにして笑ってた」

「何で持ってきてくれなかったの？　アタシも見たかったよ」

佐知は口を尖らせてそう言うと、子供のように膨れて見せた。

真子が退院すると同時に、百恵は大学を休学して、海外ボランティアの活動に参加した。今はインドで、身よりのない子供たちの生活支援を行っている。カウンセラーになる夢は今も持ち続けている彼女だが、真子の一件で気付かされたことがあると、手紙には記されていた。学術的なことばかりを頭に詰め込み、頭が固くなり、カウンセリングをマニュアル化しようとしていた自分に気付いたのだという。そこで、人のために何かをするという原点に戻り、広い視野を養うために今回の決断に至ったようだ。

「百恵さんもがんばってるじゃん。じゃあそろそろ、アタシたちも新しいバイト探そうか?」

佐知は楽しそうにそう言うと、雑誌をテーブルの上に置いた。アルバイト情報誌だ。〈アスターシャ新百合ヶ丘店〉は、交通事故のあとに退職した。リハビリも含めると当分復帰できそうになかったし、それに散々迷惑を掛けた店に、平気な顔をして戻れるほど真子の神経は図太くない。その話を佐知にすると、彼女もあっさり辞めてしまった。

バイトかあ。佐知と一緒だったら、何だってできそうだな。でも……。

「佐知、その前にこれを終わらせようよ。そうしないと、本当に留年しちゃって、バイトどころじゃなくなっちゃうよ」

真子は、佐知の手元のプリントを持ち上げた。相変わらず赤点を取り続けている彼女に、学校が救いの手を差しのべてくれたありがたいプリントだ。交通事故のせいで佐知がしばらく学校を休んだことに関しては、真子にも責任の一端がある。だから協力をしたいとは思うのだが、本人にやる気がないのは困る。

「だってアタシは県で一番のバカ学校――」

「もうその手にはのらないよ。そうやって膨れて、アタシにやらせようっていうんでしょ？　夏休みの時もそうだったじゃん」

真子が努めて厳しい顔をすると、佐知は片目を閉じ、舌をぺろっと出した。

「でもお腹空いちゃったから、何か食べてからにしようよ。ちょっと遅くなっちゃったけど、真子の退院祝いってことで、アタシがおごっちゃう。ちょっと待っててね」

佐知は逃げるようにして、カウンターに向かっていった。店内の混雑は緩和し、空席が目立つようになっていた。佐知も並ばずに注文をしている。そんな彼女の後ろに、振り袖姿の女性三人組が並んだ。今日は成人の日だ。

成人式かあ。二〇歳になった時、私はどんな人になってるのかな。

「すみません、突然恐縮ですけど、バイトを探してるんですか？　もしよかったら、うちでやりませんか？」

ふいに声を掛けられた。声の主を確認すると、このファーストフード店の社員らしき、三〇歳前後と思われる冴えない男性が立っていた。接客業独特の愛想笑いを浮かべ、真子の手元のアルバイト情報誌を指さしている。

「あ、いえ、これは……。でも、すぐにってわけじゃないですけど、もしやるとしたら、あの子も一緒ですけど、いいですか？」

真子はカウンターを見やった。佐知は商品が取り揃えられるのを待っている間、振り袖の女性たちに、大声で「チョーきれい！」と叫んでいた。

「あ、あの子はちょっと……」

社員らしき男性は、渋い顔をして佐知を見つめている。

「それじゃあ、お断りします。私はあの子と一緒じゃないと、バイトはしませんから」

真子がぴしゃりと言い放つと、彼は残念そうな顔をして離れていった。

「ねえ真子、見て、見て。振り袖のきれいなお姉さんたちがいるよ。アタシたちも二〇歳になったら、一緒に成人式行こうね」

佐知はハンバーガーを頬張りながら戻ってきた。

「うん、一緒に行こう。でもその前に、まずは座って食べなよ」

トレーの上にはバーガー類が五個と、ポテトの大きいサイズが三つも載っている。明らかに夏休みの時よりグレードアップした量だ。

「お互いリハビリ中だし、いっぱい食べて栄養つけないとね」

佐知はピクルスとオニオンの破片らしきものを飛ばしながら言った。彼女の鼻の頭にケチャップが付いていたので、真子はペーパーナプキンで拭いてあげた。

「サンキュ、サンキュ。それより今の男の人と何話してたの？」

佐知は目を輝かせて聞いてきた。これは興味を示した時の顔だ。

正直に言ったら、佐知が可哀想だし……。

「何でもない。ちょっと世間話をしてただけだよ」

「それってナンパじゃん。きゃあ、真子がまた悪い男にヤラれちゃうよお！」

佐知は万歳のように両手を上げて、大声を出した。周りの客の視線が集まるのを感じたが、真子は窓の外を眺めてやり過ごすことにした。先ほどよりも雪が積もっている。この中を松葉杖で帰るのは大変そうだ。

「あれ？　今日はアタシの口塞がないの？」

佐知が不思議そうな顔をして見つめてきた。

「慢性鼻炎だから、口塞がれると息吸えなくて死んじゃうんでしょ？」

「何でアタシの短所を覚えてるの？」

佐知は短所という言葉の使い方を完全に間違えていたが、この問いかけに対する答えは簡単だ。真子は満面の笑みを見せて、こう言った。

「そんなの決まってるじゃん。友達だからだよ」

◆参考文献

『図解ストーカー対策マニュアル』　ベン・メレンデス、和田裕司　同文書院　一九九七年
『図解精神病マニュアル』　編・造事務所　文・雀部俊毅　同文書院　一九九五年
『ストーカー　ゆがんだ愛のかたち』　著・リンデン・グロス　訳・秋岡史　祥伝社　一九九五年
『ファミリーレストラン裏マニュアル』　横田克治　データハウス　一九九四年

本書は、二〇一〇年十二月、弊社より刊行された単行本『17歳のモンスター』を修正し、文庫化したものです。

この作品はフィクションであり、実在する事件、個人、組織等とは一切関係ありません。

文芸社文庫

17歳のモンスター

二〇一七年十二月十五日　初版第一刷発行

著　者　田中ヒロマサ
発行者　瓜谷綱延
発行所　株式会社　文芸社
〒一六〇－〇〇二二
東京都新宿区新宿一－一〇－一
電話　〇三－五三六九－三〇六〇（代表）
〇三－五三六九－二二九九（販売）
印刷所　図書印刷株式会社
装幀者　三村淳

ISBN978-4-286-19353-3